Slow reading

慢读译丛｜谢大光 主编

永恒的大自然诗篇

山海经

〔法〕儒勒·米什莱 著

李玉民 译

南方出版传媒

花城出版社

中国·广州

图书在版编目（ＣＩＰ）数据

山海经 ／（法）儒勒·米什莱著 ； 李玉民译. -- 2
版. -- 广州 ： 花城出版社，2017.7
　　（慢读译丛 ／ 谢大光主编）
　　ISBN 978-7-5360-8235-9

Ⅰ．①山… Ⅱ．①儒… ②李… Ⅲ．①散文集－法国
－近代 Ⅳ．①I565.64

中国版本图书馆CIP数据核字(2017)第108891号

出 版 人：詹秀敏
责任编辑：余红梅
技术编辑：凌春梅
内文设计：品书天子工作室
封面设计：林露茜

书　　名　山海经
　　　　　SHAN HAI JING
出版发行　花城出版社
　　　　　（广州市环市东路水荫路 11 号）
经　　销　全国新华书店
印　　刷　佛山市浩文彩色印刷有限公司
　　　　　（广东省佛山市南海区狮山科技工业园 A 区）
开　　本　880 毫米×1230 毫米　32 开
印　　张　6.375　2 插页
字　　数　160,000 字
版　　次　2011 年 8 月第 1 版　2017 年 7 月第 2 版
　　　　　2017 年 7 月第 2 版第 1 次印刷　累计第 2 次印刷
定　　价　25.00 元

如发现印装质量问题，请直接与印刷厂联系调换。
购书热线：020 - 37604658　37602954
花城出版社网站：http://www.fcph.com.cn

慢读译丛
总 序

谢大光

　　阅读原本是一个人自己的事，与看电影或是欣赏音乐相比，当然自由许多，也自在许多。阅读速度完全可以因人而异，自己选择，并不存在快与慢的问题。才能超常者尽可一目十行，自认愚钝者也不妨十目一行，反正书在自己手中，不会影响他人。然而，今日社会宛如一个大赛场，孩子一出生就被安在了跑道上，孰快孰慢，决定着一生的命运，由不得你自己选择。读书一旦纳入人生竞赛的项目，阅读速度问题就凸显出来了。望子成龙的家长们，期盼甚至逼迫孩子早读、快读、多读，学校和社会也在推波助澜，渲染着强化着竞赛的紧张气氛。这是只有一个目标的竞赛，千军万马过独木桥，无怪乎孩子们要掐着秒表阅读，看一分钟到底能读多少单词。有需求就有市场。走进书店，那些铺天盖地的辅导读物、励志读物、理财读物，无不在争着教人如何速成，如何快捷地取得成功。物质主义时代，读书从一开始就直接地和物质利益挂起钩，越来越成为一种功利化行为。阅读只是知识的填充，只是应付各种人生考试的手段。我们淡漠了甚至忘记了还有另一种阅读，对于今天的我们也许是更为重要的阅读——诉诸心灵的惬意的阅读。

这是我们曾经有过的：清风朗月，一卷在手，心与书从容相对熔融一体，今夕何夕，宠辱皆忘；或是夜深人静，书在枕旁，情感随书中人物的命运起伏，喜怒笑哭，无法自已。这样的阅读会使世界在眼前开阔起来，未来有了无限的可能性，使你更加热爱生活；这样的阅读会在心田种下爱与善的种子，使你懂得如何与他人与自然和谐相处，在纷繁喧嚣的世界中站立起来；这样的阅读能使人找到自己，无论身处顺境还是逆境，抑或面对种种诱惑，也不忘记自己是谁。这样的阅读是快乐的，"好读书，不求甚解。每有会意，便欣然忘食"。我们在引用陶渊明这段自述时，常常忘记了前面还有"闲静少言，不慕名利"八个字。阅读状态和生活态度是紧密相关的。你想从生活中得到什么，就会有怎样的阅读。我们不是生活在梦幻中，谁也不可能完全离开基本的生存需求去读书，那些能够把谋生的职业与个人兴趣合而为一的人，是上天赐福的幸运儿，然而，不要仅仅为了生存去读书吧。即使是从功利的角度出发，目标单一具体的阅读，就像到超市去买预想的商品，进去就拿，拿到就走，快则快矣，少了许多趣味，所得也就有限。有一种教育叫熏陶，有一种成长叫积淀，有一种阅读叫品味。世界如此广阔，生活如此丰富，值得我们细细翻阅，一个劲儿地快马加鞭日夜兼程，岂不是辜负了身边的无限风光。总要有流连忘返含英咀华的兴致，总要有下马看花闲庭信步的自信，有快就要有慢，快是为了慢，慢慢走，慢慢看，慢慢读，可以从生活中文字中发现更多意想不到的意味和乐趣，既享受了生活，又有助于成长。慢也是为了快，速度可以置换成质量，质量就是机遇。君不见森林中的树木，生长缓慢的更结实，更有机会成为栋梁之材。十年树木，百年树人，心灵的成长需要耐心。

在人类历史上，对于关乎心灵的事，从来都是有耐心的。法国的巴黎圣母院，从1163年开始修建至1345年建成，历时180多年；意大利的米兰大教堂，从1386年至1897年，建造了整整五个世纪，而教堂的最后一座铜门直至1965年才被装好；创纪录的是德国科隆大教堂，从1322年至1880年，完全建成竟然耗时632年。如果说，最早的倡议者还存有些许功名之心，经过六百多年的岁月淘洗，留下的大约只是虔诚的信仰。在中国，这样安放心灵的建筑也能拉出长长的一串名单：新疆克孜尔千佛洞，从东汉至唐，共开凿六百多年；敦煌莫高窟，从前秦建元二年（366）开凿第一个洞窟，一直延续到元代，前后历时千年；洛阳龙门石窟，从北魏太和年间（477～499）到北宋，开凿四百多年；天水麦积山石窟，始凿于后秦，历经北魏、北周、隋、唐、五代、宋、元、明、清，各朝陆续营造，前后长达1400多年……同样具有耐心的，还有以文字建造心灵殿堂的作家、学者。"不应该把知识贴在心灵表面，应该注入心灵里面；不应该拿它来喷洒，应该拿它来浸染。要是学习不能改变心灵，使之趋向完美，最好还是就此作罢。""一个人不学善良做人的知识，其他一切知识对他都是有害的。"以上的话出自法国作家蒙田（1533～1592）。蒙田在他的后半生把自己作为思想的对象物，通过对自己的观察和问讯探究与之相联系的外部世界，花费整整三十年时间，完成传世之作《随笔集》，其影响一直延续至今；另一位法国作家拉布吕耶尔（1645～1696），一生在写只有十万字的《品格论》，1688年首版后，每一年都在重版，每版都有新条目增加，他不撒谎，一个字有一个字的分量，直指世道人心，被尊为历史的见证；晚年的列夫·托尔斯泰，已经著作等身，还在苦苦追索人生的意义，一部拷问灵魂的小说《复活》整整写了十年；我们的曹雪芹，穷其一生只留下未完成的《红楼梦》，一代又一代读者受惠于他的心灵泽被，对他这个人却知之甚少，甚至不能确知他的生卒年月。

这些就是人类心灵史上的顿号。我们可以说时代不同了，如今是消费物质时代、信息泛滥时代，变化是如此之快，信息是如此之多，竞争又是如此激烈，稍有怠慢，就会落伍，就会和财富和机会失之交臂，哪里有时间有耐心去关注心灵？然而，物质越是丰富，技术越是先进，越需要强大的精神力量去制衡去掌控，否则世界会失衡，带来灾难性的后果。对于个人来说，善良，真诚，理想，友爱，审美，这些关乎心灵的事，永远不会过时，永远值得投入耐心。千里之行，始于足下，让我们就从读好一本书开始。不必刻意追求速度的快慢，你只要少一些攀比追风的功利之心，多一些平常心，保持自然放松的心态，正像美好的风景让人放慢脚步，动听的音乐会令人驻足，遇到好书自然会使阅读放慢速度，细细欣赏，读完之后还会留下长长的记忆和回味。书和人的关系与人和人的关系有相通之处，物以类聚，人以群分，书人之间也讲究因缘聚会同气相求。敬重书的品质，养成慢读的习惯，好书自然会向你聚拢而来，这将使你一生受用无穷。

正是基于以上考量，我们编辑了这一套"慢读译丛"，尝试着给期待慢读的读者提供一种选择。相信流连其中的人不会失望。

2011 年 7 月 10 日于津门

（谢大光：百花文艺出版社原副总编辑，有 20 多年外国散文编辑经验，先后编辑出版"外国名家散文丛书"、"世界散文名著丛书"、"世界经典散文新编"等 120 余种散文书籍；主编《百年外国散文精华》、《日本散文经典》、《法国散文经典》、《俄罗斯散文经典》等。）

目录

山

海

宇宙的史诗

代序

埃米尔·左拉

　　我划着小舟，穿行在漂浮的灯心草之间，到了一个僻静的地点。谁也不知道我在这儿，就连鸟儿也不知道。想到这一点，我喜不自胜。陪伴我身边的，只有静水中我的倒影。于是我翻开书，重读米什莱的诗。《鸟》、《虫》、《海》、《山》，这些宇宙的史诗，就应该这样阅读，远离尘嚣，在一座偏僻小岛，在大地的怀抱。不要问我你们该携带什么新书去度假，那样我就会回答："没有什么新书。你们就带上《鸟》、《虫》、《海》、《山》到矮树林深处重新阅读。我可以肯定，你们会以为还没有翻阅过。"

　　啊！在六月的一天清亮的早晨；多么容易理解诗人卓越的倾向！他对莺和蜻蜓，对橡木和山楂树怀有的兄弟般好感，具有某种我说不清的城里人的做派。在这里，在这生命悸动的岛上，人真的就感到自己是草虫、蝴蝶、极细小枝叶的亲戚。我半卧在草坪宽宽地毯的一端，想象自己也跟旁边的杨树一样，紧紧依恋大地，仿佛感到我在杨树皮下所听见流动的汁液，也同样在我清爽的肉体内上升；我依赖它们的生命力而生活，一种自由而又自豪的生命力。我像它们那样，一动不动，默默无声，在激赏的阳光中沉思，久久遐想大地的秘密。我倾听着一只鸟儿的啾啾、一只虫儿的唧唧，理解了这些初始的语言，在树木与我共享的汁液中，汲取了一颗友爱的灵魂。

　　自不待言，我绝不会折断一只苍蝇的翅膀，绝不会碾死极弱小的蚜虫，那样我就会认为自己犯了凶杀罪。从前，我阅读米什莱眼含热泪，讲述他可能第一次杀害一只昆虫的这几页文字，不由得微笑起来。现在，我领会了他的眼泪。我怀着友情注视着草地上的盲蛛和蚂蚁，这些小生命来自共同的大家庭，我觉得哪怕是加害一个小生命，我也要给我这阴凉的静处增添几分悲凄的色彩。就连折断一根树枝我也得犹豫，惟恐看到从伤口喷出血来。置身于高高的草丛，忘情于一片绿色的寂静中，人就会逐渐感到一切都活跃起来，一切都活了，就连阳光晒热的白石头也有了生命。于是对生命，心中便升起一股极大的崇敬。渐渐地，形成了一种奇异的共同体：走路突然践踏、伤害了植物，自身肉体也会感到伤痛。米什莱就由衷地具有这种意识：人与大地最年幼的孩子之间，存在着亲缘关系。他那种善心令人赞叹，只因他在任何生物体内，任何事物体内，都听到了共同的生命和友爱的气息。

太阳升高了。万缕金丝雨，透过枝叶，给草坪打上点点活动的黄斑。现在一定是酷热难耐了。我望见杨树干后边一段小河，河水沉睡，白花花稠稠的，好似熔化了的白银。一种颤动的寂静，降落在极度兴奋、陶醉于阳光中的乡野上。然而，我所躲藏的这个枝叶茂密的角落，这间幽室，却保持着一种沁人心脾的清爽。热风时而刮过，好似火热的亲吻，让凉快的树荫产生快感而急速战栗。

合上书，我便思考，一边阅读这首诗关于大自然的续篇。噢！我们如今的诗人多么盲目，思想多么狭隘！他们舍近求远，到已逝人民的传说中，寻求虚假的灵感，费尽心机去复活那些老神话，却无视大自然真实的广阔天地。今天我们知晓，苍白的神明并不隐藏在树皮里和花蕊中。科学向我们揭示了一种境界更高的诗歌，现实已经显示了比寓言更伟大。古代那些讽喻已经变得冷冰冰的了，比较鲜花的真爱和树木的真实生活，就显得幼稚可笑了。在米什莱的作品中，读一读玫瑰是如何爱的，橡树是如何出生并长大的，那么你们就会像对一个害羞的妹妹似的关心玫瑰，就会像对一个比你们优秀的兄弟似的关心橡树。明天的史诗就在这里，在发现天和地幽深而温馨的奥秘中，在生物和事物的崇高的自然史中。

米什莱作为第一批成员，怀着无限的激情，跪拜共同的伟大母亲，为此他将永世享有荣名。面对生命的无限，他浑身颤抖，既惊恐又心怀希望。他叩问昆虫麇集的世界时，一定忘掉了人，比起不计其数的无限小的族类，我们的民族简直少得可怜。总是不断地出现新生物，地球的活力，一直体现到最不起眼的一滴水中。而所有这些生物，受引领世界的原动力的推导，都那么活跃，走向一个目标。任何神话，都从来没有虚构给人这样一个现实概念的故事。我边想这些事物边注视身边的草地，目光落在绿得发亮的草茎上。一簇青草就是一块未知的土地。我所观察的这块土地上，就有街道、十字路口、整座城市。我看清深处有一大片暗影，那是正在凄然腐烂的春天的叶子；继而，细茎往上升，拉长，又打了弯儿，姿态十分曼妙；这些是纤细的柱廊、断桥、凯旋门，巴比伦式的一整套建筑。这个世界有居民，比节日期间一座巴黎广场还拥挤；各种虫子在柱廊下往来穿梭，默默无声忙碌着，好似匆匆忙忙去办事的人。我不免想道，在这块巴掌大的土地上，能有数百万的微生物，我的肉眼看不见，却感到约伯所说的神圣恐怖的战栗传遍我的肌肤。

如果说不计其数的昆虫，打开了生命无限的渊薮，那么鸟类翅膀的国度，就是我们乡野的歌声。在这里，米什莱的呼叫就是自由的一声呼叫。翅膀！翅膀！云雀直冲云霄，在拂晓放飞希望的歌，不断升空，直至见到日出的第一缕阳光，在米什莱的眼里，这种形象正是人类穿越岁月，冲向正义和真实的宁静高度。鸟儿的诗篇，其实也可以说，正是一首人类的、聪慧的诗歌。筑巢，孵卵，都是一首首美妙的田园诗。但愿我们的诗人沿着篱笆走去，给我们讲讲红喉鸟儿的爱情，这要比他们大谈印度和希腊的神更能打动我们。从早晨我就注意到，在我附近山楂树丛中，有一只莺正在筑巢；在这僻静的地方遇到一个生人，起初它不禁恐惧，后来慢慢习惯了，把我当成了一个并不碍事的朋友，几乎就在我的鼻子底下叼草茎，缠绕编织。干吧，可怜的动物，我不会来捕你的孩子。

我在这幽深的隐居场所，就这样一直呆到傍晚，很高兴忘记了自己是人，自以为跟虫儿和鸟儿一样自由。到了暮色苍茫的时分，我恋恋不舍，又操起桨，任小舟顺流而下。双桨拂到水面，在暮晚朦胧的寂静中，发出轻柔而单调的声响。

一天结束了，每人干完了活儿，大地上的车间都关门了。我想到那些可怜的姑娘，她们在我们城市的车间里劳作，累得眼睛通红；我又想起儒勒·西蒙一本好书，《女工》这部伟大心灵之作的某些段落，不免心中暗道：我们已经把一切，甚至把劳动都玷污了。在我们这里，有富人和穷人，还有为供养这个世界的幸福者而干活累死的贫苦的不幸者。在田野上，只有劳动者，每人挣自己的面包，正因为如此，一天劳作结束，农村那么静谧，堪称正义和自由的理想的城池。

我们若是愿意倾听的话，草场和山峦能给我们上多少课程啊！当米什莱歌唱自然之诗的时候，我们感到他考虑的是人，他把动物当做我们的典范，把树木和山峦视为我们的榜样。在《山》这本书中，他带着我们攀登那些纯净自由之风劲吹的山峰。对他而言就是这样，自然科学总是持续揭示进步的法则。他坚定地相信，等到我们终于相互了解的那天，我们就会如兄弟般相爱，而科学一旦阐明事物和生物密切的亲缘关系，世界就将沉浸在一座大熔炉里了。

船桨在静静水面上歌唱，而我梦想着这种善世的未来。无限的温馨抚慰着乡野。不知从何而来的一种宁静，充满了遥远的祈祷和歌声。淡淡而颤动的天际逐渐扩大，恍若在夜色中隐没之前，最后呈现的一种幻象。

译者附记

李玉民

一尊大自然的美丽雕像，立在巴黎植物园的大门口，美中不足，未免显得孤零零的，没有体现出大自然的真正面容。她本应该置身于无比辉煌灿烂的仙境中，坐在天然的雄伟宝座上。那宝座的基础，正是她的第一批儿女脑珊瑚，连同它们洁白的繁枝、盘曲状和星状的形体；而脑珊瑚的妹妹柳珊瑚，以其波浪似的形状和发丝，在上面铺了一张温馨的具有生命的大床，深情地爱抚并轻柔地拥抱神圣的母亲，伴随她永远生育的春梦。

这就是米什莱满怀感激的深情，绘出的一幅大自然 母亲的形象。

一位大名鼎鼎的历史学家，怎么忽然从人类社会转过身去，向大自然顶礼膜拜了呢？

事情虽说突然但不偶然。米什莱21岁获文学博士学位，对自然科学表现出浓厚的兴趣；可是两年后，他获得文学教师资格学衔，却被委派去教历史课。于是，他舍弃最初的喜爱，开始钻研历史，首先吸收德国哲学家维科、赫尔德等人的历史哲学的一些思想，逐渐形成了自己的历史观和史学方法。他结合教学与研究，写出《现代历史年表》、《简明现代史》等几部新教材，极受学生的欢迎和史学界的赞赏。此后，他从师范学院的历史教师晋升到法兰西学院教授，以其民主主义的治史思想、鲜明的人道主义精神、高度的知识性和趣味性，以及魅力十足的人格力量，始终是最受学生欢迎和敬佩的老师。1851年，米什莱敌视野心勃勃的"小拿破仑"，当局便借口他授课的内容论战意味太浓，停止了他的课程，拉丁区大学生立即示威支持米什莱。不久，路易·波拿巴发动政变称帝，正直的米什莱勇敢地面对，拒不宣誓臣服，遂被解除教职，免去档案馆馆长的职务。他遭受这种政治迫害，始终不屈不挠，显示出忠于正义事业的平民气节。

米什莱写道："巴黎的喧嚣、远远传来的隆隆车马声、流产的革命的冲击和反响，都促使我离开了我从未离开过的巴黎，这座容纳三个世界的城市，这个艺术和思想的家园。"他的书房、他的书籍，当初认定的这些终身伴侣，他只好锁起来，彻底打破他三十年的生活习惯，远离尘嚣，投入大自然的怀抱，同花鸟鱼虫相伴了。于是就有了他以自然史为题所写的系列作品：《鸟》、《虫》、《海》、《山》，为法国文学史增添了散文佳作，显示他多方面的才智。

米什莱一改三十多年的习惯，亲近大自然，除了政治上受到迫害，还另有缘故。

早在1844年，他的鸿篇巨制《法国历史》就已经出到第六卷，名声大振，几近著作等身。然而，他也受到教会日益猛烈的攻击，不得不暂停《法国历史》的编写，转而研究耶稣会，出版《耶稣会士》，从而脱离基督教，改信"未来的新上帝"。1845年，他又发表揭露忏悔体系的著作：《论教士、女人和家庭》；与此同时，他还在法兰西学院开始法国革命系列讲座。他所宣扬的思想逐渐显露革命倾向，作为自由派教授，也就开始失去当局和报纸的支持。

正是在这期间，他的内心发生了巨大变化，重新确定了他的信仰和目标。他于1846年发表了《人民》一书，表达了这样的思想："在上帝城中的芸芸众生，普通百姓，农民和工人、无知的人和文盲、野蛮人和原始人，以及孩子，甚至包括我们称为动物的另外那些孩子，虽然资格不同，但全是公民，都有权利，都在国民盛宴席上有座位。"这就是他改奉的新上帝将来建造的平等世界。

这种内心的变化，他称为"我的洗心革命"、"迟来的新生命"，逐步引他走向自然科学。不过，他最后投入大自然怀抱的关键一步，还是在他写完《法国革命史》之后迈出的。

无论是他内心的这种变化，还是法国政局发展的迫切需要，他必须回顾总结法国民众争取民主和平等的斗争历程。他从1846年写起，到1853年，终于完成他的另一部巨著，六卷本的《法国革命史》。

英勇而惨烈的法国革命史，尤为英勇而惨烈的1789年大革命的那段历史，成为他写作的一座炼狱。他在这座炼狱里走一遭，精神和体力几乎消耗殆尽，走出来的则是一颗脱胎换骨的灵魂。

一颗忧戚的心，走出了野蛮的黑夜，走出了历史的阴影，回到大自然的光天化日之下，感到自然万物是那么丰美和旺盛，自己也有了新的感觉，要在新的感觉中再生，如同死过去一段时间又复活的人。

早在被无情的历史捉住之前，米什莱对大自然就曾有过这种感觉。但是他也坦言，那是"一种盲目的热情，一颗心炽热有余，温情不足"。那时他年轻气盛，只有一腔热忱；现在则不然，他撰写完革命史感到心力交瘁，告别三十余年与笔墨为伴、风雨同舟的生活，又产生孤独与落寞之感，而无情的历史还在他心中留下隐痛和忧思。他拖着病身，随着燕子迁徙到意大利南部荒僻的地方，沐浴在新鲜空气和阳光中，逐渐忘记伤痛，病痛便大有好转。在意大利这位慈善奶母的怀抱中，他同大自然进行富有成果的思想交流，接受了大自然的观念，即一种家庭式的完美和谐。

思想的变化往往是隐秘而神奇的。从国家转向大自然，他猛地憬悟，感到大解脱，大释然了。比起自然界来，人类历史的风风雨雨又算得了什么，不仅渺小而荒谬，而且在永恒的宇宙中不过是一瞬间。由于年龄和工作上的过度劳累，他本来可以死去了，幸而感受到大自然母亲焕发的青春气息，他的心听到了呼唤，每天都应邀参加大自然的盛宴。

万物生灵都有天赋的平等权利，都是大自然盛宴的嘉宾。米什莱在1846年发表的《人民》一书中所表达的思想，十年后他在《鸟》、《海》等作品中，更加明确也更加系统地阐明，为什么我们高级动物人类要视其他动物为兄弟，要共同遵守宇宙之父所协调的世界法则。作者在这些小书中，并不想把人的精神赋予大自然，而是要力图悟透大自然的精神，叩问每个生灵的小小灵魂的秘密。

前所未有的叩问。鸟儿有灵魂还容易理解，可是昆虫也有灵魂，让人接受似乎就很困难，再说海洋的生物都有灵魂，那就更加令人难以置信了。

生灵者，生而有灵魂之谓也。法语中的灵魂一词Ame，既指人，也指一切生灵，并非人类专有。在这一点上，古代人出于本能和本性，认识得更为清楚，因而对万物万灵始终怀有敬畏，古代和图腾便是明证。反之，现代人长了知识，却昧了心性，狂妄悖谬到了极点，竟然以世界主宰自居，向鸟类开战，残害各种动物，严重破坏大自然和谐的生态环境，现在开始自食恶果了。

鸟儿是神圣的族类，是上天派来保护人类生命的使者，也是世界大轮回的净化使者。如古埃及人所说，鸟儿乃是救护之舟，接收并将死亡的遗骸运走，"送回到生命的领域和纯洁事物的世界"。没有鸟类，害虫就会泛滥，将人类挤出生存的空间。鸟类可以不要人类，而人类离开鸟类就不可能生存。

海洋的动物世界是最奇妙的世界，向我们演绎着一幕幕梦幻般的场景。这座魔幻宫殿的原始居民、大海的精灵珊瑚虫，正是世界的建造者。在大型自然博物馆，就能看到从多少亿年之前，珊瑚虫就开始建造世界，而这个世界在它们上面越建越高，越来越富有生命力，上面的居民"进化为高级动物，组织机能健全了，要到陆地上去生活。顶端则为哺乳动物。——在这一切之上，鸟儿，神圣的族类张开翅膀……"没有海洋这些低级生物，也就没有后来的高级动物，当然也就没有人类了。

且看作者以怎样好奇而欣喜的目光，以怎样无限温柔的爱心，来观察并描述"人类这些低级兄弟"：

"海葵表露在外的许多小肺、真蛸漂浮的云雾状的轻网、水母下面波动的敏感的发丝，这些都不仅柔妙，而且令人怜爱。它们形态各异，即纤巧又朦胧，还显得温暖，就仿佛一股气息变得可见了。您会看到一只虹类原生动物眨着眼睛，对它们而言，这是严肃的事情，这是它们的血液。它们柔弱的生命所显示的色调、反光，这些光彩变幻不定，或鲜明，或苍白，轮番吸气并呼气……要当心，不要扼杀默默漂浮的小灵魂：须知它能告诉您一切，能在这种悸动的色彩中，向您呈现它自身的秘密。"

再看他以怎样富有诗意的语言，讲述海洋孕育的最大动物——鲸鱼：

"这才是名副其实的尘世之花。所有血色苍白、自私而萎靡不振的动物，都相当植物化了，比较起这种沸腾着鲜红血液、有怒有爱的豁达生命来，那就好像没有心脏。高级世界的力量、它的魅力、美丽，就是血液。有了血液，大自然就开始了崭新的青春；有了血液，生命才燃起欲望之火，爱情，而由男性延伸的家庭、种族之爱，又将给生命加上神圣之冕——怜悯。"

米什莱的《鸟》、《海》等几本描写大自然的小书，一出版就取得罕见的成功，一时好评如潮，甚至对他的历史著作持批评态度的人也大加赞扬。于是，效仿者纷纷转向大自然的题材，出炉了许多各种专著，好几家出版社还计划组织出版大自然的百科书和丛书。在众多同类书籍中，米什莱的这几本书仍是佼佼者，堪称法国文学史上的散文佳作。书虽小，却显示作者的恢宏大气、出众才智和诗人气质。他在历史著作中所体现的民主主义的社会思想、人道主义的博爱精神，又进一步发扬光大，扩展到自然科学领域了。早在一百五十年前，米什莱就代表人类，向大自然的灵魂举行了第一次礼赞，这本书今天读来，我们仍然感到深深的震撼，尤其为当代人的所作所为（如捕杀鲸鱼等）感到羞惭。我们应当记住米什莱的声音：

"让我们睁开眼睛看看事实吧，抛开偏见，抛开已知的、约定俗成的东西吧……把灵魂归还给动物……比起制造机器来，上帝创造人、创造灵魂和意志，不知要伟大多少呢！放弃骄傲吧，承认自身一无所有，承认动物的虔诚灵魂是会使人脸红的亲戚吧。它们是谁？是你的兄弟……是一些刚刚开始的灵魂，是一些还初具生存能力的灵魂。它们正谋求更全面、更广泛、更和谐的生活。"

"毫无疑问，这本书有许多弱点，但是在温情和信念上却很强。它是一体的、一贯和忠实的。什么也不能使它偏离。它爱鼓翅飞翔，超越死亡及其虚假的分离，穿越生命及其掩饰统一的面具，从一个巢飞向另一个巢，从一只蛋飞向另一只蛋，从爱飞向上帝的爱。"

我在这里复述这几段，只为重申对作者的无限敬意。

2011 年 5 月于北京花园村

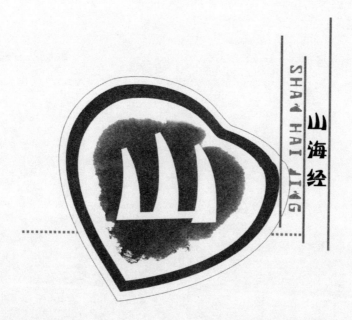

SHA|HAI JI|G

山海经

白朗峰的前厅

白朗峰①根本没有通道，半山腰没有修建那种始终连接法国、德国和意大利的国家公路。白朗峰孤立独处，人们必须特意前去拜见、观赏这个昂头俯视欧洲的超绝的孤独者。

我见过亚平宁山脉，也见过比利牛斯山脉，那些高山方便贸易和旅游，如塞尼山、圣哥达山、辛普朗山②具有陡峭的魔力。而白朗峰却留在了我心里。

从前有那么多繁重的劳动，如今我又增加了一种。我从占据我那么久的长篇史诗③的深处，又发表大胆的《人类的圣经》。小小的书，却表现心灵和意志的巨大冲动。我也完全跟地球一样，隆起高山，突起一座山峰，那是相当高的绝顶，能一览无余整个大地。

我十分谨慎，没去海边休息，但我喜爱海这个奇异的仙女。海掌握着生命的秘密，却又那么汹涌澎湃！有多少回，它的风暴助长了我内心的暴风雨！我取道阿尔卑斯山中，向静止不动的景观讨还平静——不去喧闹的阿尔卑斯山区，那里的瀑

---

① 白朗峰又译勃朗峰，阿尔卑斯山脉的最高峰，位于法国和意大利边界，海拔 4807 米。法国人帕卡尔博士于 1786 年由向导带路首次登上峰顶。

② 塞尼山在法国境内，海拔 3610 米，控制着塞尼山口，有人工湖，从里昂到土伦的国家公路均借道于此。圣哥达山和辛普朗山在瑞士境内，均为阿尔卑斯高原的山峰。

③ 指《法国历史》。米什莱从 1831 年开始撰写，至 1863 年出到第十五卷，在继续撰写第十六卷的同时，他于 1864 年发表了《人类的圣经》。

3

布和美丽的湖泊，终年呈现一片欢乐的景象。我更喜爱大隐士、沉默的巨人白朗峰。只有到了白朗峰，我才有望找到足够的积雪的休憩。

从日内瓦出发，一路经过景色平淡、相当乏味的地区，到了萨朗什，猛然发现景象那么宏伟，不禁目瞪口呆。阿尔沃河①一转弯，景色完全变了，令人惊诧不已，大大出乎意料。左边，一座巨大的山峰尖顶，瓦朗斯由风化的石灰岩构成，高高矗立在路边，杉木林似乎支撑不住了，威胁着道路；右边，覆盖着树木的山峦，仿佛一座大型剧场的第一排阶梯座位，若在别处眺望，就会认为那是一座高山（高达五六千尺）。然而，在那后面隔一段距离，则横空出世、巍然屹立着一座大山，显现暗淡积雪的峰巅。

不要拣夏季少见的晴天来到这里，因为灿烂的阳光会骗人，它给整个地区披上盛装，赋予万物同样一张笑脸。随意挥洒的阳光制造耀眼的魔幻，就连坟墓都笼罩在欢快的气氛中。太阳是个大骗子（哲学证明这一点），在阳光的照耀下，萨瓦②最穷困、最寒冷的山谷，看上去就像有着意大利特点的瓦莱灼热的山坡谷地。

我来到这里时，天空灰蒙蒙的，当地一年大部分时间都是这种天气。我来到山脚下，能看到当地的本来面目：平庸而贫困，被这群高山压垮了。只有阿尔沃河，一条普普通通的湍流，似乎要漫溢出来。一座座小花园、一片片小果园，冷杉林树木相当高大。再往上看，便是那寒冷的巨峰。

这里竟然有温泉，着实令人吃惊。要说比利牛斯山脉，那些被称为火的老姑娘大量提供滚烫的泉水，倒也是很自然的事

---

① 阿尔沃河：阿尔卑斯山脉的河流，流经上萨瓦省，全长一百公里，汇聚白朗峰山区的溪流，成为罗讷河的支流。

② 萨瓦：现分上萨瓦省和下萨瓦省。这里指上萨瓦省，位于法国东部，与瑞士、意大利接壤。北面有盛产著名矿泉水的依云小镇。萨瓦历来是穷困的山区。

情。然而这里，披着积雪和冷杉林的巨大外衣，却从地下涌出热流，真让人惊异，也引人深思。我们心中暗道：在这冬季寒冷的表象外景背后，还有另一个物体在下面，不为人所见的一个人。冰层对他来说，只是一件衣服。一个坚毅如花岗岩的人埋葬在里面，他是大地从前生育的孩子。那从前的一声浩叹，一次冲动，使他在黑暗中走向光明。不过，这颗灵魂在积雪的坟墓中，同他处于幽邃中的母亲一直保持亲密关系，一直从深处接受来自母亲的温暖。

圣热尔韦温泉浴场景象凄凉。一座庄严的杉树园，同一条湍急的小溪相伴。往前走去，渐渐进入相当狭窄的山间裂缝，两侧山峦高约六百尺。溪水很凉，风也冰冷。然而，正是从这里喷出热泉水。完全是个奇迹。一名渔民在这些融雪的溪流中间，偶然发现了一眼温泉。如在从前，这足以创立一种宗教。在比利牛斯山区，在维希·波旁等地方，任何一股水都是一个神：波尔波神、戈尔戈神，等等。在萨瓦地区，这些神便是圣徒：圣热尔韦、圣普罗泰①。

这地方，以其苦修的特性这样表述："在享用上帝恩赐之物之前，在跨越门槛时先把罪孽留下，留下灵魂隐秘的病痛。"这就是此地所表达的意思，这话明智得很。但是我不知道，这地方是否能让心灵平静下来。这里肯定属于神灵光顾过的那种地方。这是封闭的地点，两侧隔绝，上方摇曳着冷杉，枝叶接近，投下怪异的影子；雾气形成长龙，从阿尔沃河起飞，被吸引到这里，在此嬉戏而不肯离去。这种游动变幻的景象，不知道给人以什么希望，似乎充满神秘、迷梦和幻象。人们希望从中多看到些光亮。

神圣的光，就作为我的医学吧！我要去见那忧郁的仙女，

---

① 以圣徒命名的地点，全称应为圣徒热尔韦、圣徒普罗泰，译成中文习惯上仅保留"圣"字和名字。

但是我要控制她。走出这狭窄的山涧，再往上攀登，就发现欢快的圣热尔韦。反差的特殊效果，圣热尔韦显得非常古朴庄重。我认为这胜过欢快，它的美十分感人，打动了我的心。

我没有住在镇子入口，那里俯临阿尔沃河，能望见远处的萨朗什镇。我生活在镇子的另一端，住一间小房，这些景物都看不见。这间老房的主人贡塔尔一家，正是发现温泉的人。这间房子建在靠下一点的地方，离河流近些，但是只闻流水声响，看不见河流。教堂就在旁边，围着成荫的高树，有一座鲜花盛开的很美的墓园。再远一点儿，湍流对岸的高山坡上，有几片小果园，几间茅舍；有袅袅的青烟，以及杉树林。Finis mundi①。

杉树林前下了雨，出现一团团烟雾。沉重的乌云，拖拖拉拉，朝我们升上来，这是一种欢快的景物吗？但是无妨，我们照样感到几分愉悦。在我们看来，生活很轻松。难道是这里两千四百尺高度空气的效果吗？难道是释放了内心的郁闷，放下了对眼不见的一个世界的忧思吗？

压在心头的乌云飞走了，飞向这些山头，飞向我望见的在我们对面浮动的大海。那云海游荡在那些人模人样的怪异的圆谷上，游荡在瓦朗斯山的针状岩峰周围，也游荡在蒙茹瓦的尖顶上。

我想到不在眼前的朋友，想到从塞纳河流域或莱茵河流域，从荷兰到浓雾笼罩的伦敦，那处于低洼地带的大都市萎靡不振的社会。尤其在云雾中露出一块块美丽的蓝天时，我想到这些，心中不禁叹道：登高多有益处啊！世界如果在这里，就能让人轻快而解脱啦！

从巴黎到日内瓦，人减负一千六百斤，而从日内瓦到这里，则减负两千四百斤！真正自由的地方！海拔再低些，或者再高些，都不如这里呼吸畅快。

---

① 拉丁文，意为"世界的尽头"。

东家那可爱的姑娘，名副其实是一株杨树，因生在萨瓦而更显苗条，她和小弟弟帮着年轻的女佣做些家务，购买食品，而买东西往往要走很远的路。我们的生活有点随遇而安，就像安东尼一家和帕科姆一家那样相信上帝，有时会等待天上掉下面包来。

　　雨一停，我仍在写作，但我的第二灵魂、更为年轻的灵魂，出于好奇要参观当地，便走去觅新览胜了。它绕过教堂，走向比奥内，这是峡谷圣母村的道路，能通向意大利；然而，兴趣恰恰是想去陌生的地方，就是要无视这一切。同我这年轻灵魂一起走的身体，更渴望看一看，因原先知道的并不多。景物还都湿漉漉的，古老的胡桃木，我认为始自萨瓦公爵前往耶路撒冷的年代①，枝叶现在还往下滴水，路面特别潮湿。这是赶集的日子，路上熙熙攘攘，各赶各的牲口，有奶牛、绵羊、鹅等等。一个很老到的农民，非常精明，牵着两头好看的小黑猪，那架势就像陪伴着新嫁娘。这些农民非常有礼貌，向人问好："早安！"女人都特别显老，心地善良而相貌丑陋（她们太操劳了！）。她们用一种母爱的目光（有时似乎有几分怜爱），看着这个脸色有点苍白的少妇，就仿佛看见一个患病的孩子。她们微微笑她在她们的奶牛经过时绕开、躲避，未免过分敬畏地给奶牛让路了。天气，也可以说有五分病，是出太阳还是下雨游移不决。燕麦倒伏在田里，等待晒干，还收不回去。只有小小的收获，少得可怜，要靠天吃饭。

　　下雨了，牧场高兴，满地盛开鲜花；下雨了，溪流高兴，就连最小的溪水都喃喃自语，喋喋不休。有好几条大溪流，湍急的水流很有冲劲，发出咕噜咕噜强有力的声响，仿佛嫌这场地太狭小了。它们远远地从山上流下来，显然是一个更高世界

---

　　① 萨瓦从十世纪起成为伯爵领地，直至 1416 年，萨瓦家族才获得公爵头衔，后来参加过十字军东征，到过圣城耶路撒冷。这样算来，这些古老的胡桃树当有四五百年的树龄。

的儿子。这个高高的世界，在道路的某一拐弯处，就从侧面显露出来，那是一个狭角，正是比奥纳赛冰川。这是一座金山，在阳光的照耀下，景象灿烂！加快脚步，走近了去瞧瞧。然而，这动态的黄金已经变化了，一变而为白银了……真是没有常性的阳光！后来，白银又变成了普通的雪，这片雪，又逐渐化为铅灰色。

返程不免黯然神伤，脚步更为缓慢。尽管时值盛夏，天色已向晚。她回来时神情严肃，但是双手捧满了鲜花。

早晨很轻快，有点凉，但是宜人而喜悦。我们面对雪而工作。今年，在八月份，雪就给我们高高的山头扑了白粉①。继而，我们就拜会邻居——大瀑布的冷杉。北方这些庄严的树木，随着冰冷的湍流地处很低，又临近峰顶生长在很高的地方，围住中间的几个阶梯，保护了小果园里梨树、苹果树等更为娇弱的树木。我们怀着敬意，拜访这些散发树脂香味的古木；它们是世界的长兄，经历了最艰难时期的很多磨难，如今还支撑着、保护着许多遭受危险的地方。它们就像那些受苦受难、优秀劳动民众的自然兄弟。我们同它们结成了友谊。

我们对面的冷杉林，出现在我们右侧的山隈。我们走过魔鬼桥（各国的共同名称），重又往上攀登，穿过一些果园，来到一座小农舍。庄户挺贫穷，但是好客。这个农民人很精明，态度十分和蔼，上了点年纪，当初在巴黎多年给人当差，将积攒的钱带了回来，娶了一个外地的漂亮女子，生的孩子都很好看，这显得生活还有一些宽裕，至少在山风不太过分寒冷的年头。这一家人的场面相当动人；不过，这个男人年纪已经很大了，而长子只有 12 岁，他能看到儿子长大干活，在母亲身边替代他吗？

---

① 这里作者使用隐喻法：数百年来，法国乃至欧洲的贵族与社会名流以戴假发扑白粉为时尚。

冷杉林非常美观，形成一道道幽暗的屏幕，其效果妙不可言，时而遮掩，时而呈现深处的温泉；再远一点儿，那道幕明亮欢快，能望见直到萨朗什镇的旋转的山谷。在密林深处，有些显然是凯尔特人的废墟，那黑乎乎的远古之色，衬得本来昏暗的树林越发黑暗了。

离开冷杉林，往上攀登，走到开阔的地带，只见圣热尔韦及其山谷、通往冰川的道路，都一览无余。视野开阔，十分悦目，富有人情味（这个词就全表达了）。深谷有草地、溪流，还有劳作的人们，用水轮驱动的锯来破开木板，小块地收获燕麦、黑麦、荞麦。可怜的山区木屋根本没有瑞士的规模，建在很高的山坡上。就是最高处的山巅，也并不像人们所想的那样光秃秃的，它以浅绿色表明白朗峰不是一成不变的严肃面孔。

整个景象很肃穆，但是在这样温和的阴天，等待风雨来临之际，就足以令人动容了。我们在半山腰，坐到同一块窄石上，默然无语；我们的思想已完全一致，用不着交谈了。田地里有几个人，他们有些担心，都抓紧干活。雨季又要来临，过一两个月就进入冬季了。事物都处于不确定状态，这让我们吃惊。天气很温和，我们看到的冰川很少，仅仅一个狭角；冰川蓝盈盈的眉弓，并没有预示任何确切的信息。

白朗峰冰川

在登白朗峰之前，我早就看了格林德尔瓦尔德①，很容易接触的一处冰川，周边保持原态，不像许多别的冰川那样，修理得面目全非，过分营造了人为的效果。格林德尔瓦尔德冰川，我是猛然间看到的，没有思想准备，突然惊现，未加思索，也没有联想文学的篇章：文学的记忆，在这里不但毫无意义，还会歪曲真实的印象。我的第一反应是：它天真而强烈，既惊异又恐怖。

清晨，我离开了喧闹的因特拉肯镇②，以及汇聚在那里的庸人，来到格林德尔瓦尔德村，下榻在一家设备极好的旅馆。一进客房，里面不亮堂，也不见有什么特别的地方；然而，当店家打开一扇窗户，我转过身去……这扇窗户，一下子灌进来阳光。在我看来，狭小的窗框漫溢进来的不知何物，庞大、耀眼，还在运动，径直朝我冲来。

的确，从未见过如此奇妙的景象。这是一片光海，似乎就在玻璃窗外，势欲进来。涌进来的强烈效果，不亚于一颗流星突然陨落在地球上，撞击出炫目的强光。

第二眼，我看到这个庞然大物离得并不很近。它那样子似乎在向前进，但是在相当远处及时停下了，还在我步履能及的地点。怪哉！它静止不动，却恍若在运动中！它行进在半路，仿佛被逮住，就地僵硬石化了。

---

①② 格林德尔瓦尔德和因特拉肯均属于瑞士。

这种景物必须远观，近看没有虚无缥缈的诗意，却会觉得无比粗糙，无比崎岖，无比艰险。试想一下，有一条脏兮兮的白色大路，也许宽达两公里，布满深沟辙道，坑坑洼洼，极为颠簸。从那里驶下来的，是什么样可怖的马车，或者是什么样的魔鬼车呢？在那之间，立着许多水晶体，并不晃眼，倒像一张甜甜的面孔，高约十五尺到二十尺，呈现一种灰白色，有一些则近乎浅蓝色，如同某种酒瓶绿，色调暧昧而凶险。

这面斜坡，显然是很大一片冰海的一次倾泻，而那冰海的边缘，看得见就在山巅，一条生硬的线印在蓝天上。整个景象辉映着阳光，有一种原始的坚硬，是对我们居住在下面的人极大冷漠的结果，我可以这样说吗？是一种有恃无恐的态度。因此，我丝毫也不感到奇怪，就连索绪尔[1]那样平和、那样明智的人，登上这冰川都不禁义愤填膺。——同样，我也深深感受到这些原始巨物的蔑视和挑衅。我相当粗暴地对它们说：“你们不要这样目空一切！你们生存的时间比我们长久一点儿。然而，山啊、冰川啊，在我们的思想高度面前，你们这一万尺高又算得了什么呢？”

我打算走到近前看看冰川，于是从村子往下走，到达它的边缘，再深入进去。入口有各种各样的。此时，冰川开口狭窄，也不高，外观明亮而光滑。进到里面，处处滑溜，还有危险的斜坡，不知滑向何处。斜坡上方，有两三层淡蓝色的拱顶，开裂的缝隙，看上去很刺眼，那种透明提示人们留神点儿。最意味深长的，莫过于有一簇美丽的花，经过多少岁月，一直镶嵌在那里，透过冰显示它那鲜艳的色彩。在那里禁锢，就肯定能保存下去。这种丧葬的长久展示，比任何死亡的形象

---

① 索绪尔（1740—1799）：瑞士物理学家、地质学家、早期阿尔卑斯山脉探险家。1762年在日内瓦学院任物理学和哲学教授。他制造出可能是第一个用于测量电压的静电器，还成功制造出第一个利用头发测量湿度的湿度计。他的著作《阿尔卑斯山纪行》记述了他三十余年地质研究的成果，并赋予地质学一词以科学含义。

都更令人惊心动魄：这是一种迫不得已的永生，可悲地扮演着生命，永远也不可能返回大自然，回到休息的状态了。

　　山民并不像我们这样看待他们的山。他们对山十分依恋，总要回到山间，并且称之为"坏地方"。泛白色透明的溪流特别湍急，跳跃着逃离，山民就叫做"漫流"①。黝黑的冷杉林，半悬在绝壁上，似乎永远安宁，其实也有战事，也有战役。在一年中最艰难的几个月，什么活计都停工了，山民就向冷杉林发起攻击。艰难的战争，充满了危险。这些树木，伐倒了并不算完事，还必须引导树倒的方向，再牵引上路，平衡木头在湍流的河床中的剧烈跳动。战败者往往要向胜利者索命，树木也要索樵夫的命。森林记录了孤儿寡母的悲惨故事。在女人和家庭看来，举家哀丧的恐惧，就寓于那些高大的树木之上：那些披雪的树木，远远望去，黑白斑点突显了一派阴森。

　　从前，冰川是人们憎恶的对象，人们无不侧目而视。白朗峰的冰川，在萨瓦称作"该下地狱的山"。在德语瑞士区，农民的古老传说，就把罚下地狱的人置于冰川。冰川就是一种地狱。狠心虐待老父亲，冬天把他从火炉前赶走的吝啬女人，就必遭报应。她受到惩罚，要同她的黑恶犬一起，永无休止地在冰川之间游荡。在最严寒的冬夜，人人都紧紧围着火炉，就能望见山上那个白衣女人冻得瑟瑟发抖，踉踉跄跄走在水晶般的冰尖上。

　　在恶魔谷里，少女峰②时刻发生雪崩，响起隆隆的雷鸣，这正是那些打入地狱的男爵、残暴的骑士，每天夜晚都要相互撞击，撞破他们的铁头盔。

　　斯堪的纳维亚地区的传说，才气更高，也更可怕，它以怪

---

　　① 漫流：地质学术语，指四处漫溢的水流。山民这么讲，是指野性十足的水流。

　　② 少女峰：在瑞士境内，是阿尔卑斯山脉的山峰之一，海拔4166米，设有冬季运动场和高山科学研究站。

诞的方式表达对高山的恐惧：山里藏满了金银财宝，由一些可怕的地精，一个力大无穷的矮人看守。在冰山城堡，端坐着一个冷酷无情的处女，她的额头戴着一串钻石，挑逗所有的英雄好汉，那笑声比冬天刺骨的寒风还要残忍。冒失的汉子登上门，来到要命的床铺，结果被锁在床上，同一个水晶妻子结成永世的姻缘。

这并不让人气馁。守在山上的那个残忍而傲慢的女子，什么时候也不缺少情人；总有人要攀登。猎人说："上山是为了打猎。"登山者说："上山是为了望远。"而我则说："上山是为了写一本书。"我坐在桌前写道：我在阿尔卑斯山区，数次登高山，又数次下深涧，这恐怕不是世上所有登山者能做到的。

在所有这些努力中，据实说，就是为了登山而登山。

崇高的，几乎总是无用的。北极冰域之间的那条著名航道，人们用了三百年才找见，但它始终毫无实用价值（诚然，那些冰域总在变化）；乘气球升空，迄今为止也没有用途；攀登白朗峰，意义也极小。如今在白朗峰的尝试，从前也做过了，只是没有登这么高。索绪尔围着白朗峰转了二十七年，他所寻求、所酝酿的，同样，拉蒙十年间在迷茫山中所寻求的——主要还是登临。

所有搅乱人心的碰运气的疯狂行为中，最宏大的无疑是猎岩羚羊。诱人之处是冒险：要打的猎物，与其说是那种胆小的动物，不如说是高山。同高山肉搏，贴近它那崎岖的狰狞，不惧怕它赖以自卫的真实与虚幻的东西：坚冰、浓雾、深渊、裂缝、距离产生的错觉、视角引起的假象，眩晕的过度变化。越是如此，越有人要攀登。这些男人，在其余一切事务上，都那么深谋远虑，那么谨慎小心，唯独在登山这事上昏了头。爱情，即使在神魂颠倒的时刻，也根本比不上追捕猎物时那种可怕的乐趣：小小的岩羚羊很狡猾，耍弄疯狂的猎人，将他引向深渊，引向逼窄的绝壁边缘——人不可能到达的地方。他目瞪

口呆，看着深渊头脑发昏；头上饥饿的老雕也在盘旋。这就是一种快感！……有一年，父亲摔下去了。现在轮到了儿子。其中一个青年，刚刚娶了一个他深爱的姑娘，他照样对索绪尔这样讲："先生，结婚也没关系。既然我父亲在山里送了命，那么我也必须死在那里。"三个月内，他就履行了诺言。

冬季围着火炉，当地的权威、猎人讲述他在冰川一带游荡所见到的情景，大家听得多么入神啊！听他讲到他在冰隙阴森可怖的蓝色中的感受时，大家都不寒而栗！他还说道："我也亲眼看到了，洞顶高二三十尺，有时一百尺，洞里水晶闪闪发亮，水晶或者钻石几乎一直连到地下。"这类故事，谁没有梦想过呢？轻信的萨瓦人的心跳得多厉害啊！"嘿！谁能登山到达那里，谁就发大财了。要负重或者攀登狭窄的过道，一辈子苦熬六十年，也挣不了这么多钱。只要有一天吃了豹子胆，放手一搏就足够了……抢劫魔鬼的财宝，有什么不好呢？正是魔鬼或女妖，在那里看守着钻石。"

为了有足够的胆量登山，超过岩羚羊所达到的极限，就需要这种财宝的传闻和无知的想象力，需要把钟乳石混同于水晶岩，混同于水晶和钻石。我哪儿知道他们会当成什么宝贝呢？可是他们没有发现这些财宝，却发现了白朗峰。

我们审视一下当时围绕着白朗峰的恐怖传说。那时，沙莫尼①还不为人知，在当地也是不出名的。不大有人在山下，得沿着长长的凄凉山谷绕山而行。行人倒是沿着峡谷圣母村的谷道（一条通往意大利的道路），出于好奇，偶然登上普拉里翁山，从那里观看白朗峰。然而，这样面对面，该有多可怕啊！近在咫尺，不过两步之遥，不像远眺那种印象；只是一具无比

---

① 沙莫尼：全称沙莫尼蒙白朗，法国上萨瓦省阿尔卑斯山中的一处胜地，横跨阿尔沃河。河左岸为终年积雪的山岭，包括白朗峰。沙莫尼是攀登白朗峰的起点，是冬季滑雪和夏季冰川游的中心。

庞大的尸体，躺在那里，有头有脚还有其他阿尔卑斯山头。近前一看，只见白朗峰孤高独立，好似一个无比高大的白袍僧人，身披袈裟，头戴冰帽，已经死去，但仍然屹立。换了别人，会认为那是一次星球撞击，那颗死星，苍白而荒芜的月亮的一块残骸，地球上的一座星球墓。

积雪的大圆帽，酷似一座坟墓。墓碑便是突起的棱柱，像披着黑纱的颜色，同雪形成鲜明的对照。这些棱柱，火的古老女儿，在抗议冰，它们说比起深藏地下的无穷黑暗来，这种白色的追思台根本不算什么。

如果从沙莫尼来到山脚下，就发现身陷绝境了。这里一年有八个月萧索（不要在出大太阳、来了喧闹的人群那几天来判断此地）。普拉里翁绝壁、黑头绝壁，紧紧挤住并封闭了山谷，给人的感觉就像关闭隔绝了。夏多布里昂①就感到，在这高峰的脚下，在这无比巨大的造物下方，人呼吸都困难。在塞尼山，在圣戈塔尔，那感觉该有多舒畅！那些山峰，不管多么高峻，还是照样修建了公路，还是有各种动物的自然通道。马匹、羊群不计其数，甚至还有候鸟！白朗峰吸引不去任何动物，它好似一位隐修士，沉醉在它孤独的玄想中。

在阿尔卑斯山脉中，白朗峰是个怪异的不解之谜。其他山峰通过无数的溪流说话，而圣戈塔尔山更善谈，向四面八方慷慨地倾吐，四条河流在世间闹出极大的响声。可是，白朗峰这个大吝啬鬼，仅仅放出两条小溪（流到山下才扩大，汇入了别的溪流）。它有流入地下的水道吧？总体来说，大家看到它总在接收，极少付出。是否可以认为，这个爱积攒的主儿，正积聚隐藏生命的珍宝，以备未来的饥渴、全球的大旱呢？

早在 1767 年，有人就发现在来寿山冰川上挖了许多洞穴，

① 夏多布里昂（1768—1848）：法国浪漫主义文学前期代表作家，著有《基督教真谛》（1802）、《墓外回忆录》（1899）。

那是寻宝者寻找水晶留下的遗迹。据传在 1784 年，一名向导十分幸运，在一处岩石崩塌的地方发现了水晶，带出了重达三百斤的大块透明、紫红色的优质水晶。这件事让寻宝者丧失了理智，巴尔马家族（著名的向导人家，在所有向导人家中最为坚忍不拔）的一个成员登上冰川，却一无所获，仅仅遇到一场特大暴风雨，处境极其危险。山上的精灵当然要力挫那些敢胆动她们财宝的冒失鬼的勇气。

不过，另一个精灵却在世上游荡，既不安又好奇，喜欢冒险而又不屈不挠，正是毫不气馁的十八世纪灵魂。人们越来越往上看，人人都怀有提坦①的雄心。1783 年发明了气球，皮拉特尔、阿尔朗德都是首批脱离地球的人。

登白朗峰，是皮卡尔、索绪尔等一干学者鼓动起来，在 1786 年 6 月由沙莫尼的雅克·巴尔马完成的。巴尔马找出一条路，而皮卡尔、索绪尔相继在 1786 年 8 月和 1787 年 8 月，沿着那条路登上了白朗峰。

---

① 提坦：希腊神话传说中的巨神，为天神乌拉诺斯和地神该亚所生，共六男六女十二名。他们受母亲唆使，推翻了乌拉诺斯的统治，拥戴克洛诺斯为新王。但是宙斯又将他父亲克洛诺斯打倒，在奥林匹斯山自立为王。提坦与宙斯血战，失败而被打入地狱。

冰川之谜

················

德·索绪尔先生的光荣，不仅在于他登上了白朗峰山顶，进行了一些探索，更在于他出版了游记佳作。关于白朗峰，以及总体上关于阿尔卑斯山脉，他讲了许多有趣的事情，受到欢迎，也得到恰如其分的好评。大家感到他身上难能可贵的，是无愧于人这个称号，在研究和性情、任职和行动上都能保持均衡了。

德·索绪尔先生这个人很独特，求知欲强，为瑞士这个教育国家争了光，也为严肃的日内瓦争了光。他是专门培养出来的一个人，受教育四十年，为了发现阿尔卑斯山脉。1741 年，两名英国人在散步中发现并指出（如同在南半球海域发现一座人所不知的岛屿那样）了沙莫尼，白朗峰的山脚，这事引起日内瓦的关注。日内瓦的那些著名博物学家，特朗布雷①、博内②等人，都纷纷大谈特谈。博内是索绪尔家的亲戚。当时索绪尔刚出生不久，其母亲对此事产生了强烈兴趣，因之这孩子持续地接受了有关知识和创造才能的教育。他学成数学、物理家，20 岁就开始教授数学。他还有计划地奔波跋涉，练就了腿脚功

----

① 特朗布雷（1710—1784）：瑞士博物学家，以研究绿水螅而闻名，通过水螅试验证明动物界存在出芽繁殖，即是一种无性繁殖过程。

② 博内（1720—1793）：瑞士博物学家、哲学作家。他发现单性生殖（即不通过受精的生殖），并发展了进化的突变理论。在生物学作品中，他最早使用"进化"一词。他的《心理学论文》、《关于灵魂功能的分析论文》开了生理心理学之先河。

山海经 SHAN HAI JING
冰川之谜

夫，步履矫健，善于攀登，总之，练就了一身登山的本领。
1760年，他就登上了勃雷旺峰①，从那里能更清楚地望见白朗
峰。他带回来所见白朗峰的景象。此后二十四年间，每年夏
季，他都在阿尔卑斯山区旅行，总是回到他为之培养起来的伟
大目标，靠得更近些端详。他完全被迷恋了，不再想别的事
情。他说："我已经做成了病。这座白朗峰，在日内瓦附近许
多地点都看得见，而我的目光只要一碰上它，就必然感到一阵
揪心。"

　　为什么他那么晚才登顶呢？为什么让人抢先呢？家庭那么
精心培养他，临到行动的时刻，一定还有些担心。正如他亲口
讲述的那样，大家要看着他返回。他的亲友全到了沙莫尼，极
度不安地等待他下山。那些向导的亲人，心里也同样惴惴不
安。他们终于从山顶下来，投入亲友的怀抱，彼此欣喜若狂。
那位令人钦佩的母亲，当时也在场吗？他没有讲，留下遗憾。
这位母亲就是为此多年坚持不懈培养他，在很大程度上促成了
他这项事业的人。

　　他的游记，事后好几年才出版，显出一种审慎的缓慢。这
本佳作资料丰富，始终是这一主题的开山之作，所提出来的主
要问题，大多尚未解决。德·索绪尔先生所生活的良好环境，
庄严肃穆，崇高道德，但是严守《圣经》的教诲，这使他有点
畏首畏尾。布封②最初也冲劲不足，曾一度被捕，不得不退避
三舍。假如索绪尔没有找到迁就传统的办法，那么他就会伤害
自己的朋友，博内一家与哈勒③一家。他不惜一切代价，必须

---

　　① 勃雷旺峰：阿尔卑斯山脉的一座山峰，位于沙莫尼西北。
　　② 布封（1707—1788）：法国博物学家、作家，著有《自然史》，凡三十六
卷。
　　③ 哈勒（1708—1777）：瑞士著名生物学家、实验生理学之父。1736—1753
年，在新建的格丁根大学任内科学、解剖学、外科学及植物学教授。经过详尽的实
验，写成百科全书式的8卷著作《人体生理学原理》，是医学史上的里程碑。他还
是一位有才华的诗人，写了《阿尔卑斯山》（1732），歌颂山川之美。

尊重《创世纪》，同《圣经》记载的大洪水协调一致，必须无视或者不解那些可能有损旧文本的事实。他错过了关键的发现，致使科学还要等待五十年。在冰川附近生活的岩羚羊猎人、樵夫、向导，以及寻宝者，都有可能告诉这位学者整个事情的实质，正是他们一直目睹了如今人们所见到的情景。

冰川是活物，不是没有活力、不动的死物。它移动、前进、后退，再前进。它吸收，但是也抛弃，不接受异体。阿尔山①冰川，坡度非常平缓，冲到冰上的一块岩石，三十三年间移动了四公里。在白朗峰的冰川，移动同样的距离似乎需要四十年。从索绪尔丢在那里的一架梯子，就能测出这一点；以巴尔马家族的一个成员遇难也能了解这一点。冰川的这些英雄，也同样是殉难者，尤其通过他们，我们得知冰川渐进的运动。他们是用自己的躯体做了丈量。雅克·巴尔马于 1834 年被吞没；皮埃尔·巴尔马则在 1820 年葬身冰雪下面，到了 1861 年，他的遗体被抛到冰川脚下，这表明四十年间，冰川往下移动了。想一想这个英雄家庭，不仅首先登上了白朗峰，还以其不幸遭遇证实了冰川有规律的变化，从而打开了一个新境界，而可怜的死难者遗骸，就陈列在阿讷西博物馆的玻璃展柜里，看着怎不叫人感慨万分！

早在 1706 年，霍廷根就注意到冰川在交替进退。苏黎世的学者谢什泽尔十分出色地描绘了冰川如何清除混入的岩石，清除一切阻塞它的东西。白朗峰从它内部排除的岩石，很容易辨认，材质一般来说是别处少见的，那种灰色花岗岩杂以淡绿色斑点，人称绿泥花岗岩。在白朗峰的四周，在附近的山谷，都能找见这种岩石，这并不费劲。然而，在很远的地方，一直到汝拉山脉②也找见了。怎么到了那里呢？这可就难倒人了。

---

① 阿尔山：是阿尔一戈塔尔高原的组成部分，该高原有阿尔卑斯山脉好几座海拔四千米以上的山峰，包括少女峰和芬斯特拉峰，因而有不少冰川。
② 汝拉山脉：法国和瑞士交界的山脉，延伸到德国境内为石灰岩高地。汝拉山脉在西北面隔着莱芒湖（日内瓦湖）与阿尔卑斯山脉遥遥相望。

同样的难解之谜，是有些岩石根据其矿物质，似乎来自罗讷河河谷。而阿尔山的岩石，等等，都是个谜。

那些岩石，有的长达六十尺，高二三十尺，显然很沉重。若说是被水流冲到那里去的，这种观点立不住脚。水决没有这种力量。而且，那些岩石并没有滚动，它们所有棱角都保持完好，如果在如此崎岖的路上翻滚，棱角早就磨光了。"它们是被大洪水激流抛过去的。"索绪尔如是说。真是神奇之举，将这些巨石抛过日内瓦湖！"为此，要有六十亿尺水量的压力，必须让岩石飞行的速度达到每秒一万九千尺！"（夏彭蒂耶[①]语）这种想法显得很可笑。

不过，在 1815 年之后[②]，反动潮流猖獗，《创世纪》和大洪水之说又占了上风。为了支持大洪水之说，有人求助于地下火，他们推测在熔岩喷发的时候，冰川突然融化，向洪水激流提供了这种巨大的力量，将长达六十尺这样的巨石从瓦莱一直冲到汝拉[③]。

如果不靠想象，而是通过观察，就会感到事情从前怎样，现在还是怎样。冰川肯定向前推进，速度极其缓慢，但是均匀而可计算，推动排斥出去的岩石，推移过程丝毫也不颠簸，并不改变岩石的棱角和形状。冰川搬运这些岩石，还保持其原生状态，真可以说是安了轮子滑动的。小轮子就是砾石，砾石在下面滚动，驮着巨石前进，清除出一条好路来，在地面划出深深的沟痕，清晰可辨，能让人很容易寻迹找见巨石移动之路。

这种十分简单的解释，很可能在许久以前，就是生活在冰

---

① 夏彭蒂耶（1786—1855）：瑞士早期冰川学家，最早提出作为地质营力的冰川有广泛运动的概念，著有《冰川随笔》（1841）。

② 1815 年，法国政体发生巨大变化，拿破仑第一帝国覆灭，波旁王朝复辟，法国保王党与教会势力结合，在法国历史上开始一段反动统治，从而阻碍了科学和学术的自由发展。

③ 法国汝拉省与瑞士接壤，隔着莱芒湖，与东面的瑞士瓦莱州遥遥相望。

川附近看到这种现象的民众的观点。早在 1815 年，普莱费尔①就接受了这种观点，将岩石的移位归因于冰川的作用。那么，大洪水、创世说又该如何呢？

瓦莱州有两个人辩论这些问题，工程师维奈茨和盐场场长夏彭蒂耶。后者于 1815 年去大圣伯纳德山口，住在打岩羚羊的猎户家中，那猎人对他说道："这些岩石太大了，水流根本冲不动。罗讷河整个河谷，一直到很高的山坡，从前就被冰川占据。"后来，梅兰镇的一名樵夫，也对他讲了同样情况，说是格里姆瑟尔山口②的冰川，从前曾一直推进到伯尔尼。沙莫尼的一个居民也同样认为，是冰川将一些巨石推移到公路附近。这些岩石，与白朗峰的山岩是同一种类，显然还带有它们来源的证书；它们在大路上叙述和讲解，明确地指出冰川在古时候的扩张。

冰川如此扩张，必须在极其寒冷的气候条件下才可能吗？绝非如此。查理·马丁斯先生以无可辩驳的计算证明，只要有几个酷夏影响冬季，温度哪怕仅仅升高四度，永恒的雪线就会降低到瑞士平原高度，融雪侵入平原，逐渐形成冰川。

为科学服务的最有效方式，莫过于同冰川亲密接触，经常游览，从上面和下面观察冰川。反复多次登临，尤其延长逗留的时间，就能看到冰川的所有变故。大家已经消除了敬畏之心，就居住在冰川上。阿加西斯③和德佐尔先生连续几年，在冰川上一住就是几个月、几个季度，探测冰川有名的缝隙。多尔菲斯和查理·马丁斯两位先生发现上百尺深的缝隙，而德佐

———————————

① 普莱费尔（1748—1819）：苏格兰早期的地质学家和数学家。以均变说来解释和阐述地质变迁而闻名。他最先提出河谷是河流本身切割而成，也最先把漂移物的搬运归因于冰川的作用。

② 格里姆瑟尔山口：伯尔尼地区阿尔卑斯山脉的一个山口，在罗讷河河谷和阿尔河河谷之间，海拔 2165 米。

③ 阿加西斯（1807—1873）：瑞士的博物学家、地质学家。他在冰川活动和绝种鱼类的研究领域，对自然科学作出了革命性的贡献。

山海经 SHA1 HAI JI1G
冰川之谜

尔先生发现的则深达千米。乌吉一直探测到底部，他匍匐爬行，看到冰川的内部结构各不相同：有的固定在地面，非常牢实；另一些则相反，底部完全是空的；还有的仅仅坐落在冰块或冰柱上，而那些冰块和冰柱迟早要塌毁。总之，各个冰川的特性与情况千差万别。

冰川是否像阿加西斯所认为的，曾经覆盖整个地球呢？难道冰川曾经两度给地球统一穿上寒冷的冬装吗？在许多地方发现的无数游离的大冰块，似乎说明了这一点。

如今阿尔卑斯山区的居民认为，冰川七年推进，七年后退。如果冰川后退，夏季必炎热，庄稼必丰收，不愁生计，人们可安居乐业；如果冰川推进，当年气候必寒冷多雨，果实不成熟，小麦歉收，老百姓生活就苦了，革命也就不远了。

在1815年至1816年间的严重关头，冰川大大推进了。1849年，冰川也推进了（据Tschudi），食品涨价，它在共和国垮台的过程中起了不小作用。后来十二年，从1853年至1865年，炎热的夏季卷土重来，冰川又后退了（根据查理·马丁斯先生的观察）。现在，冰川又要推进，给我们带来多雨歉收的年头，这会引发更为严重的事件吗？

多么可怕的温度计，全社会，思想界和政治界应当始终关注。冰川所指示的大气变化，这些影响深远的自然现象，既能改变粮食生活，也能改变人们的思想、情绪和精神状态。正是多些或少些覆盖冰层的白朗峰，牵动着未来的命运和欧洲的祸福：是天下太平，还是突发动乱、推翻帝国、卷走王朝，都看它了。

阿尔卑斯山脉

阿尔卑斯山脉无可比拟，它辐射的一群群山峦，布局巧妙，层次分明；而它蓄水的湖堰，也排列得十分高超，从冰川到湍流，到湖泊，到大河，它向欧洲倾注着生命。这些在我看来，都是任何山脉所不能与之同日而语的。

科迪勒拉山系①、比利牛斯山脉，以其延伸的线路，似乎并不成其为一个体系。喜马拉雅山脉，特别庞大，但是据我判断，它的两端，在辛特河与恒河之间，恐怕过分扩大展开，整体联系就不够紧密了。山上流下大量的水，但是散乱而不规则，流失在山脚下危险的莽莽丛林中，以及漫漫的沼泽地上。

阿尔卑斯山脉则不然，整体协调一致。庄严的梯形山峦，给四面海洋派遣了波河②、罗讷河、莱茵河与因河③（真正的多瑙河），而这四条河流可以说分而不散，能够一览无余。它们的源头大多邻近，是同胞兄弟：它们的共同发源地，这群山峦，正是这一山系的心脏，欧洲世界的心脏。

这群山脉给人以崇高的印象，丝毫也不奇突怪异。这种印象是我们直面一种真正的伟大后自然而合情合理的反应。阿尔卑斯山脉是欧洲的水库，是欧洲丰富物产的瑰宝。这是大气流在高空转换、风云际会、雾气变幻的大舞台。水，生命之始终

---

① 科迪勒拉山系：贯穿中美洲和南美洲的山系。

② 波河：流经意大利的河流，全长652公里。

③ 因河：发源于瑞士境内的阿尔卑斯山脉，流经奥地利，全长510公里，泄入多瑙河，成为多瑙河的支流。

也。生命，以气状或液态形式，在这些高山上方完成了循环。这些高山是仲裁，调解着分散的或相互冲突的自然力，使之协调一致，和睦相处。这些高山将自然力凝聚为冰川，再将冰川公平地分配给各个国家。

在这方面，一句很有分量、准确而深刻的话，不是来自一位科学家，而是一个名叫索绪尔的普通旅游者讲出来的。他在游玩中来到一大片冰斗的中央，站在美丽的冰海上，不禁惊叹道："我发现了世界的和谐广场①。"

这话再真实不过，感觉再准确不过了。西风和西南风，满载着大西洋的、甚至是太平洋的云水，准备存放，不久便遭遇北风，形成胶着状态。云水，很可能就被囚禁在原地，幸好灼热的南风发起狂来，不时将云水唤醒逼走，化作浓雾，化作露水，化作雨，给大地送去喜悦。

美好的配合，高尚的和谐。一切在别处搅得天昏地暗的力量，到这里便明晰了。阿尔卑斯山脉就是一种光辉。阿尔卑斯山脉在教育我们，让我们感受全球相互依存的关系。

这些乌云来自遥远的地方，经过横渡飞越，就要静下来思考、休息片刻。阿尔卑斯山脉上面场地广袤，从多菲内到蒂罗尔②，冰山长达四五十法里③（约合一百六十至二百公里），可以说是一张相当大的床铺。然而，这些旅行者实在轻浮，没有常性，阿尔卑斯山脉怎么热情接待也很难留住它们。一种巧妙的运作，稍微赋予这些游客一点定力。在阳光照射下，它们的雪团开始半融化，渗入下面的云层，经夜晚冻结，变成大量小冰粒。这些小冰粒人称粒雪，它们之间有相当的黏附力。在整

---

① 和谐广场：巴黎的著名广场，位于土伊勒里公园和香榭丽舍之间，原为路易十五广场，1789 年法国大革命时改名为和谐广场。

② 多菲内：法国旧省名，现分为伊泽尔、上阿尔卑斯和德龙三省。蒂罗尔：奥地利的一个省份。

③ 1 法里约合 4 公里。

个夏季，粒雪层又有融化的部分，水漏下去，积存在山谷，然后形成冰川。每天夜晚（甚至在夏季），粒雪层冻结，融化，再冻结，变成白冰，不过里面还有气泡。待气泡消失，冰整合为薄层，即是天蓝色的层冰。

云气就这样固定下来，化为结实的冰层，卧在那里，似乎要遭受永世的囚禁。上空又飞来由雪团构成的云气，雪团不久也硬化为粒雪，覆盖了天蓝色冰层，从而遮住阳光。冰层逐渐增厚，从底层渗出去的部分，恐怕远远比不上从空中补充来的数量。然而，还是维持一定平衡。六十年间，白朗峰还依然是原来的面貌。据查理·马丁斯先生讲，白朗峰的高度既未增加也未减少。

一股突然的力量掺入进来，人们可能认为不协调，实际上却制造了和谐。南方的暴君（焚风①、欧荡风②、西罗克③、西蒙风④、沃州风⑤等，还有好多名称），有时就蛮横地降临，在这死气沉沉的世界中肆虐。暴风呼啸，召唤所有这些已经固定不动的、很难挣脱麻木状态的水。然而，没法儿充耳不闻。暴风一意孤行，咆哮声如雷鸣，片刻也不停歇。

非洲的这个火魔，喜欢夜间进行猛烈袭击。前一天有征兆，山头漂浮着变幻不定的薄雾；大气变得清澈透明，景物都显得真切而拉近了；月亮出现淡红色的月晕，天边染上一种奇特的淡紫色；风在高树林上方呼啸，而湍流也发出低沉的轰鸣。这就是大风的警报。

的确令人十分担心。这个施恩者凶神恶煞，起初就好像要摧毁它前来拯救的自然。它摧折、搅乱、扫荡，将巨石抛下山，将大树卷到湍流的河床。它掀起木屋的房顶，吹到很远的

---

① 焚风：高山地带所形成的燥热风。
② 欧荡风：来自法国南部的南向或西南向的狂风。
③ 西罗克：从撒哈拉沙漠吹向地中海南岸的异常干燥的热风。
④ 西蒙风：非洲和阿拉伯的沙漠地区刮的干热风。
⑤ 沃州风：由瑞士沃州山谷刮出的强劲东风。

地方。牲口棚一片惊慌，奶牛吓得哞哞直叫。上帝啊！要发生什么事情啊？……所发生的事情，就是春天来临了。

焚风嘲笑太阳。要融化积雪，太阳得花费半个月，而从非洲刮来的燥热风，只用二十四小时就够了。焚风吹来，雪就挺不住了。在格林德尔瓦尔德冰川，焚风吹了两小时，雪就融化了两尺高。阿尔卑斯山区神秘植物的地下生活，八个月的覆雪和黑夜，终于完结了。这些植物由魔术师唤醒，开始生长，满怀喜悦见到短暂夏季的阳光，它们小小的花心一时放情地去爱恋。这个搞突变的疯狂而野蛮的家伙，正是爱的伟大使者。在山下河谷，对此感受就太深了：这热乎乎的气息，在谷地聚集，尤其让人心烦意乱，无精打采。动物都惴惴不安，男人非常烦躁，而女人不免畏怯，就紧紧搂住男人。一切都显露一种内心的慌乱。

焚风的死敌北风，有时还抢风头，徒然地与之展开搏斗，但还是战败了。爱神仍是世界的主宰。

多么可喜的变化！多么恩惠啊！生命，繁衍，本来它们在阿尔卑斯山上睡大觉，现在摆脱了那种状态。这些雨露和浓雾，比哪条河流都更有益处，它们前往浇灌欧洲大地，滋润着优质的牧场和绿茵的草地。

负载着硝酸钾的大雨、雷电阵雨，能催发草木叶子一夜变绿，诱使新芽突然萌发。自然万物初醒，情不由己，在这场春梦中，它们纷纷竞相超越。

在数以千计、百万计的源头开始潺潺细语的时候，最幸运者，莫过于在这种大变化的第一时刻，就有所感觉、能够聆听所有这些水流大合唱的序曲。正如昨天，我在山的裂缝中所看到的那个水源，隐蔽在苔藓下面，还只是潮乎乎的，但是它同样可以说"我在"或者"我不在"。今天早晨再一看，已是涓涓细流，可供鸟儿饮用；到了晚上，它发出多么有力的汩汩声，变得多么庄严，多么像样，多有声势！它的声响变成了最

26

强音，开始同邻近的源泉对话。每条溪流都有自己的灵性，从那些声音、那些旁白和交流中，我不知道是什么样的谈话，但是那么亲近，窃窃私语，似乎在相互倾吐秘密。它们接近并会合，然后又分开，汩汩欢叫着拥抱小岛、小块陆地，接着重又汇聚在一起，越扩越大，咆哮着、奔腾着……不料猛然间，前面消隐了土地……

瀑布又成为多么新奇的景观！谁能说出阿尔卑斯山所有瀑布曼妙的造型！最有名的不见得最为赏心悦目。我知道几帘秘密的瀑布，无人去看，它们也无须人观赏，似乎已将自己柔软而懒散的美姿藏于世外。此刻我已经离开，却仿佛还在那里逗留，还坐看那些瀑布。那些神秘的飞流，诱惑力太大了，总能让我流连忘返。丘迪在他的《阿尔卑斯山脉》一书中，可以说毫无感觉，并没有很好地描绘出来。然而，如何才能表述出来呢？如何用几幅画面，就能勾勒出这种无限、这种彩虹、这种流动的棱镜，永恒的幻象呢？

有一句妙语，胜过所有表达和描绘。讲出这句妙语的人，正是心地善良、温柔而多情的居伊昂夫人①。她被流放到阿讷西，终日面对沼泽地、水渠，以及时而引发热病的湖畔，看不到阿尔卑斯山区溪水、湍流、瀑布、河流等水系汹涌奔腾的景象。不过，她已经完全心领神会了，她感到了生命蕴涵的美好秘密。她在她那本《湍流》一书中，完全天真地说道："那些河流！那可是一颗颗灵魂啊！"

---

① 居伊昂夫人（1648—1717）：法国奥秘神学家、著作家，提倡静修主义，从而成为法兰西神学论争中的核心人物。静修主义主张极度无为，甚至对永世救赎，心灵也毫无反应，以免取代上帝的作为。她的主张有排斥教会组织的倾向，因而两度被捕。1703 年获释后，便在布卢瓦过上恬静的写作生活。

瑞士的眼睛

据说，瑞士有上千个湖泊，世界任何别的国度，都没有这么多如此美丽的明镜。游过瑞士之后，再看任何国家都显得黯淡，或者可以说不透光亮。湖泊是瑞士的眼睛，映出另一片蓝天。

甚至到了最荒凉的地方，冰川凄清的四周，生物似乎灭绝了，您还会惊奇地看到这些孤零零的小湖，又在湖中找见了光明。有的围着冰墙，有的环绕着草地和泥炭沼，还有的点缀了落叶松。灰色的湖水映出落叶松的绿色形貌，也增色不少，而一年一落的松叶，不无几分魅力（喜悦的还是忧伤的？），令人联想起山下那些幸运的植物。这些湖泊，是冰川渊默的知己，冰川正是借助于它们，才走出自己的黑夜，现身于世；它们在我们先祖凯尔特人的眼里，就是敬畏和崇拜的对象。它们似乎充满了秘密，让人感到一种野趣的魅力，谁见了都忘不掉。说起来我并不奇怪，有一种勇敢的鱼，每年到了爱情呼唤的时刻，它们就要奋力游回来，一直游上这些高山湖泊。鲑鱼，从北欧的海域出发，经过莱茵河漫长的旅程，再经由阻遏它们的湍流，不屈不挠地溯流而上。它们冲向上游，硬闯瀑布似的激流，到了不能游的地段，它们就像蛇一样滑行向前，据说就像罗伊斯河①魔鬼桥那样落差极大的水流，也阻挡不住鲑鱼。

---

① 瑞士河流，穿越卢塞恩湖，汇入阿勒河，全长 160 公里。

湖泊的责任是什么，在大自然中担负什么使命呢？湖泊要接纳"野水"①（山民这样讲），并使之变成"活水"。野水呈透明的微白色，掺杂着冰冷而无生命的砂石沉泥，因长久禁锢在冰川半透明的厚层冰块中，缺少空气和阳光，就需要重见天日，接受洗礼。这种野水，甚至打岩羚羊的猎人都不敢喝。他先掰一块冰碴儿，放到石头上；然后接石上化了的水滴来喝；植物也同样不喜欢，拒绝吸收野水。

这些湖泊，从前所处的地势很高，排成梯形的漫溢的堰湖，水在流动中逐渐净化。湖泊这样原始的分布，如今在安加丁②和卢塞恩地区仍能见到。"阿尔卑纳赫湖，深深陷在山谷。上面，迷人的萨尔嫩湖，则地处第二层阶梯；最后，第三层，隆格恩小湖，由高高的山背包围，今天仍然可观，只是湖水由一条水槽半排干了。"（引自丘迪）

世上美轮美奂的景物中，有两个是完美无缺、独一无二的：日内瓦湖的美，雄伟庄严的和谐；以及卢塞恩湖的崇高。

我们是否洞晓了日内瓦湖守藏于深邃的秘密？是否能够确认供应湖水的只有罗讷河及其四十条支流？在萨瓦一侧，是否还有地下的秘密通道或者不为人知的源泉呢？

宁信其有，因为人们看到湖水莫名其妙就涌动起来，水位突然下降和上涨。湖上暴风雨也呈现异象。1867 年 5 月，我观察到日内瓦湖水的波浪，同其他水域的波动大相径庭，在我看来倒像版画上深深的刻痕。

在瑞士这个阳光的国度，日内瓦湖就是一片阳光。圣莫里斯这段山路极其逼窄，但是一出了瓦莱山口，您蓦然望见一马平川，来到浩阔镜面、阳光灿烂的湖畔。午后时分，那

---

① 法文为"l'eau sauvage"，按地质学术语译为"漫流"，这里译为"野水"，则表达山民赋予这个词的含义。

② 因河河谷瑞士部分的名称，属格劳宾登州。

辉煌的景象无与伦比，乍一见能晃花人的眼睛。然而，这种无比鲜活的动态光辉，围着和谐的湖岸，又显得格外温婉。萨瓦那些山峦，陡立在湖边，此刻映着湖光水影，同沃州丘岗的迷人笑貌相得益彰。从依云①的栗树林到洛桑岬角，卓异的新月湖变成一片金海，粼粼波光一直延展到汝拉山脉的阴影之下。

在别的地方，要依次流经湖泊、逐步完成的事情，在这里就当着您的面进行。您会看到罗讷河奔流，起初是黄色的，浑浊不清，继而就平缓下来，变得清澈了。在哪里也不如在这里便于观看河水如何变清，在湖的怀抱中趋于平静。

对于河流如此，对于人也同样，日内瓦湖犹如一种可爱的、和平的崇高形象。它从前目睹了犷悍的瑞士和狂暴的萨瓦，那里爆发了多少冲突、展开了多少较量②！久而久之，它全给调解了。它是种族和宗教的令人信服的阐述者，通过它时时刻刻喜人的沟通，终于使两岸匹配良缘。它好似大自然的一种共同宗教，所有人心，在温厚的人性中，不知不觉都灵犀相通了。

离卢塞恩桥不远，有一座坚固而厚重的石头小房，完全是石头建筑，没有使用一根木头。这是全州的珍宝，真正的珍宝，因为屋里放着一只铁箱，而铁箱里保存着无比珍贵的东西：一面旗帜。这面旗帜曾经包裹受了致命伤的卢塞思司法官——勇敢的贡多尔丁根的身体，上面还染着他的血。他的心愿、他的遗言，有朝一日将成为世界的法律："司法官的任职

---

① 依云（Evian），原意为"水"。十八世纪末被人发现喝了依云水可治好肾结石；被誉为"神水"，由皇帝拿破仑三世命名。依云水是冰川水经过一个封闭砾石层，历时十五年渗透而成。依云温泉也是世界上唯一的天然等渗温泉。法国政府特别立法保护，依云水源地周边五百公里之内，不得存在任何人为的污染。

② 完全被遗忘的回忆录。在罗道尔夫·雷伊的佳作《莱芒湖》中，能够重温这些记述。——作者原注

期，永远也不要超过一年。"

从日内瓦湖此处望去，一切都骤然变了，让人以为到了北方国家。在粗大的栗树、山毛榉树中间，肃穆的杉树甚至列在前排，沿着山坡一直延伸到湖畔。这湖，有多么森严啊！根本没有下山的路，没有环湖大道，只有崎岖的荒径。即使步行，如遇大风天，也难保平安。

我的右侧是高大的里吉山①，左侧是黑黑的皮拉特山②，我置身于两座高山阴沉的目光之下。在皮拉特山脊上，两座冷峻的高峰（锡尔伯霍恩峰及其姊妹少女峰），隔着山头眺望，从四十公里之外观赏日内瓦湖。

万一游船出事，那就没救了。令人惧怕的不仅仅是湖水，沿着湖岸也尽是危岩坠石，令人联想到罗斯山的大崩塌。

从岬角到岬角，便进入这个幽邃的堰湖，凄清的乌里小湖。湖水被巨大的石壁托起，波涛汹涌澎湃、肆无忌惮，具有一头危险的野公牛的全部特点。瑞士最著名的战争、最残酷的战斗，穆尔滕③和森帕赫④那类战役，还在这里继续进行。大风正在受阻，又折回来，相互间激烈地冲撞。早晨刮北风，可是到了中午，焚风刚袭湖面，搅了全局。绿色的浪涛拍击着无边的悬崖峭壁。谁能战胜狂风和怒浪这两种疯狂呢？

焚风刚才已经从正面袭来，现在又从后面溜进一条弯转的通道，同它自身撞个正着，展开搏斗。于是，焚风自己同自己混战一场，疯狂、喧嚣、混乱到了无以复加的程度。船夫如能跳上泰尔普拉特（Tell - Plat），像英雄那样一脚蹬开小船，那

① 里吉山：瑞士境内的山，海拔1798米，坐落在日内瓦湖和楚格湖之间。
② 皮拉特山：瑞士境内的山峰，海拔2129米，靠近卢塞恩。
③ 穆尔滕：瑞士小镇，在穆尔滕湖畔。1476年6月22日，穆尔滕战役，效命于法国国王路易十一的瑞士夫人，打败了勃艮第查理公爵。
④ 森帕赫：瑞士小镇。1386年7月9日森帕赫战役，八州联盟的瑞士军队打败了奥地利公爵。

就太幸运了。

再往上走一点儿，只见芳草丰美，绿茵成片，豁然一幅融融的景象。谁能相信自己的眼睛？这种焚风，主要不是起反作用，而是一种相当猛烈的南风，有利于栗树和果树的生长。这样的栗树林和果园，在同样海拔高度的汝拉山脉，就根本见不到，我们从而能够确认可敬的圣戈塔尔，高山族长的和善、真正的安详。真正的伟大是宽厚的。上山并过了罗伊斯河大瀑布，就感到越来越温和了。

圣戈塔尔山，其实就是大水塔的中心。它的高度固然比不上许多别的山峰，但它以其庞大，调解了阿尔卑斯山脉。所有山峰都前来它这里靠拢。俯瞰莱芒湖、罗讷河的白朗峰延续的群山、（从乌里、格拉鲁斯、阿彭策尔）走向康斯坦茨的群山，最后是雷蒂亚山脉①；它们以三百冰川，向莱茵河提供水源。一切都在圣戈塔尔山联结起来，而圣戈塔尔山只留下少许，其余全部给出，倾泻给流向四海的几条大河，如同波斯那座圣山，也向世界四方倾泻了四条河流。

这几条大河，每一条都值得撰写一部长史。它们给予人们多少恩惠啊！它们不仅灌溉滋润这些国家，还保护这些国家，守卫着各国的门户。它们既阻隔战争，又支持和平，促进贸易，成为贸易通道和中间地带。

无人不以敬重的目光看待它们的发源地，它们大多起源于这座天蓝色美丽的拱形山；无人不赞赏它们的激情、勇气，它们那么大胆，冲下极高的瀑布，继而，进入大湖的幽秘中休息，又是一种庄严的姿态。每一条河流，都是流域的幽深的灵魂，往往以其缺陷保一方平安。大家谴责最大的河流（因河和多瑙河）只有所谓野性，而正是这种野性保卫了欧洲。它的凶暴曾经救过我们。它的那些著名的铁门、它的岩石，造成无数

---

① 雷蒂亚山脉：阿尔卑斯山脉的中心地带。

失事沉船，也曾经多次阻遏了野蛮人锐不可当的攻势。它用汹涌的波涛将我们和土耳其战争隔开①了。

同样，可悲的莱茵河一过了维亚马拉峡，一过了雾气笼罩的康斯坦茨湖，就终于转向北面，它在各个种族和帝国之间，扮演着多么重大的仲裁角色，击退这一个，又驱逐另一个！如果说它接纳一万两千条溪流，将大量的冲积层（八千万立方尺）一直冲到荷兰，那也正是它带给两岸的安全。它穿越我们的疯狂行为、我们的野心图谋，势必带来永世的和平，这也不是以它的意志为转移的。

罗讷河虽然更加任性，但是也同样值得人关注。它具有瓦莱的灵魂、萨瓦的狂躁性情，起初很浑浊，狂放不羁。它在奔腾的路上，还未靠近日内瓦，一望见肃穆的洛桑，就似乎变得规矩了，一改先前的恶习。它呈现出一种独特的蓝色，这种刺眼的湛蓝，至今无人能解释，也不会保留多久。起初是湍流，到日内瓦一带便成为浩浩河水，再被萨瓦的溪流掠取，又恢复湍流的奔腾。它就是这样变幻无常，上游浑黄，一段流域化为蓝色，然后又变回土灰色。它极其需要索恩河②——它那可爱而笨重的妻子（作为嫁妆给它带来杜河③），给予它教导并进行调理。它们是在埃奈堡著名的高卢人祭坛，即百族祭坛结的婚。然而，您以为从此它就检点了吗？它一路走来，两边总有疯狂的美人投入它的怀抱。于是它奔跑起来，惊慌失措，越来越控制不住了，像一只逃脱的野兽，像卡马尔戈④的一头公牛

---

① 指土耳其前朝奥斯曼帝国（1300—1922）曾经向欧洲的征伐。

② 索恩河：法国东部的河流，发源于孚日山脉（Ies Vosges），全长480公里，在里昂汇入罗讷河，并以冬季的高水位调解罗讷河的流量。

③ 杜河：法国和瑞士河流，罗讷河的支流，发源于法国一侧的汝拉山脉，全长430公里。

④ 卡马尔戈：法国南方地区，位于罗讷河三角洲的两主臂之间，有六万公顷，一半面积为沼泽地和水塘，是公牛和马匹饲养地。

那样狂奔。它尽管十分浩大，老来又回到它的出生地附近，死去也不枉一生的经历①。

---

① 关于罗讷河，我写这段时，眼前就放着我的朋友洛尔泰博士的出色《回忆录》；他既是优秀的地理学家，也是优秀的植物学家。这个确实受人敬重的洛尔泰家族，先是出了一位女圣徒，周济穷人的行善的草药商。他的儿子是医生，在里昂深孚众望。他的孙子也都有出息。其中一个也走父亲的道路，已经有突出的表现：在植物生理学方面有重要发现。在以后的章节，我还要引述他的《回忆录》。另一个孙子，是瑞士的一位灵巧的画家，唯独他在卡拉姆（Calame）之后，表现了阿尔卑斯山脉活力、生机勃勃的大自然。在攀登塞尔万峰（马特峰）那天，他就在现场。这个家族的其他成员，则散布在争相邀请他们的英国庄园。——作者原注

阿尔卑斯山脉（二）

"在哪里也感觉不到心灵的自由了。"我年轻的时候，就领悟了这话十分丰富的含义。那时我年少无知，第一次踏上这些神圣的山路，一天在深谷度过漫长的夜晚，全身被刺骨的冷雾打透；离天亮还有两小时，我望见在凌晨的蓝天中，那已经变成粉红色的阿尔卑斯山。

我不甚了解这些地方的历史，也不甚了解瑞士的自由史，以及穿越这些山路的放逐者、圣徒和殉道士的历史。尽管如此，我还是深切地感到后来我认识得更为清楚的一点：这是欧洲共同的祭台。

这是给予我们白昼的曙光，即使天空在青黛色中仍然黑暗，这种曙光也不仅愉悦我们因失眠而疲倦的眼睛，还激励我们的心，向我们的心灌输希望和对正义的信念，重新赋予我们的心以青春的果敢和血性的力量。

无论萨瓦穷苦的农民、热那亚焦躁不安的海员，还是里昂黑暗街道上的工人，他们醒来并不仰望天空，而是从四面八方首先眺望阿尔卑斯山脉：这些安慰人心的山峰，早在天亮之前，就把他们从噩梦中解救出来，并且对囚徒说："你一会儿又看到太阳了。"

古代在阿尔卑斯山脉安置三座祭台：
祭拜自然的上帝，宇宙的灵魂，调理风雨和暴风雨等自然力活动的神明。人们称之为朱必特。

山海经 SHAN HAI JING

阿尔卑斯山脉（II）

祭拜打通高山、开辟道路的英雄力量。这便是赫拉克勒斯。

罗马增建一座神庙、一座祭坛：祭拜世界和平。

古老神圣的建筑，全人类本来都应该敬重。

这是各个国家，甚至相对立的种族所共有的东西，超越短命信条的论争。属于人和自然的更高信念的杰出象征，在诸神死后仍然长存。

头一个开拓这些艰险道路的人，在深渊和雪崩之间这种绝境停留、立足，致力于探明和确定通道的人，当然配得上这座神庙或者这座祭坛。在那之前，荒凉的山上只有一个居民，是一个恐怖的精灵。即使最勇敢的人，爬上溜滑的山坡、峭壁狭窄的突岩，也要心里发慌，头晕目眩。要在山上驻足，征服高山，就必须拥有超人的力量："需要赫拉克勒斯。"

高卢的赫拉克勒斯头一个出手了。他一下子创造了两个民族：一个高卢国诞生在意大利，一个意大利产生于高卢。阿尔卑斯山脉两侧具有同一颗灵魂。崇高的两重性，我认为作为促进文明的力量，在大地上是无与伦比的。

独具慧眼的希腊就说道：这个善良的赫拉克勒斯，完成这个独一无二的善举之后，对自己特别满意，于是坐下来，观赏意大利，目光从埃特纳山①移到阿尔卑斯山脉，不禁说道："……我弄错了吗？……好像我变成了上帝。"

这是名副其实的神圣作品。从那一天起，每个民族都滋养着另一个民族，由这些通道相互不断地交换恩惠。索绪尔回述一年饥饿的冬季，瑞士人正处于煎熬中，忽然听见欢快的响铃声，望见意大利长长的骡帮，运送来伦巴第的小麦和大米，他们真是万分激动。瑞士人作为回报，一年四季都赶去牛群，供

---

① 埃特纳山：活火山，海拔 3345 米，坐落在西西里岛的东北部。

给意大利人食用。即使在隆冬季节，人员和牲畜也总是不断往来（次要通道也如此）。瓦莱人跨越格里姆瑟尔山，运去葡萄酒，换回来哈斯勒产的奶制品。到了十一月份，深涧和冰隙都填塞了相当硬实的积雪，就能看到瓦莱人赶着牲口群、骡队，冒着危险穿过冰川，踏着咯咯作响的冰雪前行。

高山向来就有生命。通道、路上的歇脚处和避难所，总是一幅繁忙的景象。货车长龙的喧闹、号角和牲口铃声、各种车辆的声响、牛羊群的叫声、不同语言的话音，这一切打破了冰封的高山峻岭的巨大沉寂。山峰，这些威严的人物，那么深沉渊默，人对于它们还不甚了解。许多山峰还未经勘探，没有名称。

那些戴着钻石冠的山头，根本无法攀登，它们也不屑于俯视人间的事变，还安然地继续它们万年的酣梦。（丘迪语）

然而，在它们的山脚下，有人经过；春天和秋天，鸟群一年两次飞度阿尔卑斯山脉。

我在别处谈过，那些冰山多么危险、多么恐怖，但是有一点也许谈得不够，那就是在调节绵延不断的山峦运动上，这种令人赞叹的秩序，一个山系的这种宏伟壮丽的布局。

一到二月中旬，鹳就离开埃及、突尼斯、摩洛哥的清真寺尖塔，向着北方，飞到荷兰的教堂钟楼，它们在那里筑了巢，而且世代相传。鹳群飞行排成奇特的象形文字，翅膀连成一片乌云，骤然遮暗了地中海的天空。不过，这种鸟儿很谨慎，避开阿尔卑斯山脉海拔高的中心地带，飞越两端，西路取道日内瓦和汝拉山脉，东路则取道蒂罗尔或者安加丁。

一年的这个寒冷期，还能见到匆匆相爱和歌唱的杰出的云雀，看到飞过当地的小小英雄、什么也不惧怕的红喉鸟，以及

阿登①的乖乖鸟儿、诚实的燕雀，它们一定要在抽叶之前回到森林。

燕子四月份才来，要确认已经摆了餐桌，为它们准备好蚊蝇盛宴。所有歌手都跟随燕子陆续到来，最后，夜莺终于也来了。夜莺胸脯大脑袋小，栖息在低处，喜欢灌木丛。胆小的莺在夜间已经飞上白天被看得太紧的高顶。

"有翅膀真幸运啊！"有人这样感叹。然而，鸟儿飞越高山，并不像人们想象的那么简单。在八千尺、乃至一万尺的高空，空气稀薄，鸟儿呼吸困难，很容易疲惫。有的忍受不了寒冷，有的根本抵御不了风暴的冲击。

它们惧怕风暴，更惧怕它们的天敌猛禽。有些猛禽，如凶猛的秃鹫、残忍的座山雕，就在途中等候。猛禽体重，还容易躲避；最难对付的是另一些，如雀鹰和隼，体重更轻，也更贪婪，总是尾随迁徙的鸟群；此外，夜间活动的鸟类族群也很可怕。迁徙的鸟儿要对付危险，就尽可能依赖灵性和计谋。它们太多都非常和睦，成群结队，逆风飞行，以免猛禽嗅到它们飞行的路线。它们集结成浩浩荡荡的鸟阵，秋天一大壮观的景象，就是鹤群雁阵（非常聪明的鸟儿）排成强势的三角形，勇敢而强壮者轮流打头，冲破气流，让弱者游动起来更加有力。

我很想趁机问问，鸟儿在危急时刻是怎么想的。我观察过，它们不敢停留。不过从其他动物没有怎么被追猎，它们还那么忧郁和不安这点，可以推测出它们所感到的惶恐。意大利大绵羊就无比忧伤，它们夏季登上阿尔卑斯高山，都低垂着头，既不玩耍，也不嬉戏，甚至连羊羔都那么严肃。它们这种状态，可能是怀念它们家乡的山丘，也可能是来到陌生的境地，对危险隐隐感到不安的缘故。

---

① 阿登：由砂石和页岩构成的高原地区，大部分属于比利时，小部分属于法国和卢森堡，海拔四百至七百米。这个地区气候恶劣，人烟稀少。

有一件事，说来更加意味深长。在孔塔米讷山谷附近，白朗峰通向意大利的一个山口，我见到最为自然流露出的不安和惶怖景象。那是几头年幼的骡子，卖到萨朗什附近，离开了母亲，还要被卖往艰苦的皮埃蒙特①地区，卖往热那亚那种干燥的地方。在那光秃秃的山区，青草稀少，却净挨棍子。这些小骡驹十分可爱，跟小马驹一样温和，而且显然精明得多。有一头浑身毛茸茸的，简直就像丝绸，仿佛那天早晨才出生，刚刚脱离母腹。它们美丽的眼睛带有几分野性，深沉而闪闪发亮，已经有了激情。我从未见过如此胆怯的动物，驶过的车辆、凄凉而灰暗的道路，它们看见什么都惊恐万状，猛然奔跑，挤在一起，就仿佛随时要跳下悬崖。这些小动物惊慌失措的样子，不免显得滑稽可笑，然而让人看着太揪心了。

它们还是幼崽儿，非常天真。它们以这种奇特的动作说出和表达了其余的生灵（人和动物）经过这样凄凉的地方时，在心里嘀咕而没有讲出来的意思。

在圣贝纳尔大山口②，这个古老而艰险的通道，连鸟儿都从来不敢飞过；走到某一处，冰雪厚达四十尺，就能看见陈尸间、收容所，看着那由冰块保存常年陈列的死者，让人深深感到这一境地的悲惨。

辛普朗山口③意大利一侧的山坡特别荒凉，过分采取的谨慎措施足以表明这里有多么危险。八条盖有拱顶的长廊、六个歇脚处、二十个避难所，既让人放心，又警示死亡就在你的头

---

① 皮埃蒙特：意大利西北地区，属大陆性气候。其中一部分山区，就是皮埃蒙特的阿尔卑斯山脉。

② 圣贝纳尔大山口：阿尔卑斯山脉的一个山口，海拔2469米，位于瑞士瓦莱州和意大利的阿奥塔河谷之间。十世纪由圣贝纳尔在那里建造了修道院的收容所。

③ 辛普朗山口：辛普朗是瑞士境内阿尔卑斯山脉的通道，辛普朗山口海拔2009米，位于瓦莱州和皮埃蒙特之间。

上，不时就听见砸在长廊拱顶的响声，雪崩的沉雷隆隆滚动，回响久久不绝。

斯普吕根山口①的长廊蔚为壮观，可谓意大利保护神的庞大工程，人见了又惊骇又惊喜。看那规模，哪里是一条通道，简直就是悬空为神灵建造的一座仙宫。令人赞叹的圆拱窗户，截取了山峰和绝壁的景致，产生了奇妙的观赏效果。无限风光，由窗口相继高速地闪现，就恍若这些圆拱窗制造的一种幻景。它如同一座精灵的隐修院。

这些通道，每一条都大有阅历，能讲出许多故事。这里发生了多少悲惨而感人的事情！在这两个世界的分界，有多少生离死别！有多少场面令人肝肠寸断！谁来讲述那些往山下投去最后一眼、向祖国诀别的人的痛苦！然而，这本书无意、也不应该触碰历史，历史会给大自然带来忧伤。

我要放下仁厚而英勇的德塞②，他因为在马伦戈打了胜仗，就被人丢弃在圣贝纳尔山上永世的孤寂中。

我也放下十六七世纪罗马长期迫害的所有悲剧人物，放下令人痛心的那一长列：那些信仰的放逐者、逃离意大利的自由思想家。离开太阳、艺术，离开这些大理石建造的令人赞美的城市，名副其实的沙龙，全人类的迷人的摇篮——其实这比去死还要难一些。北方（泥淖和粪便），当时那么黑暗！但没有关系，他们毅然摆脱。他们其中一位，在教会里地位很高，其天资更高，他登上了阿尔卑斯山顶，脱掉决定他命运的教袍，

---

① 斯普吕根山口：阿尔卑斯山脉的山口，海拔 2115 米，位于瑞士的库尔和意大利的科莫湖之间。

② 德塞（1768—1800）：法国陆军中的英雄人物。他在斯特拉斯堡战役（1793）、美因茨战役（1794）、曼海姆战役（1795）、巴伐利亚战役（1796），以及掩护法军从黑森林撤退时，都表现得十分英勇。1800 年 6 月 11 日，他在皮埃蒙特找到拿破仑。拿破仑派他参加马伦戈战役；他为这次大捷立了战功，但是在反攻中不幸中弹牺牲。

将其撕烂，抛下意大利深涧，从而抛掉了他的全部过去、家庭和祖国、全部珍贵的记忆。他赤身裸体，下山朝北行，走向穷困和自由。

作为回报，自由本身，它的天才，这个伟大的意大利人（被人穷追不舍，但从未被逮住），至今多少回经过这些山巅；他积五十年时间孕育、创造，催熟并催生祖国！

这一切，有朝一日会讲述的。今天，只讲一件事情，任何人还不了解的事实。我抑制不住，乐于讲一讲争取宗教自由的最后一个放逐者穆斯通（M. Muston）先生，他是如何被阿尔卑斯山脉救了一命的。这是三十六年前发生的事情。

他记录沃州人的书指出，他正在皮埃蒙特，赶上排斥宗教异己的狂潮。他不顾严冬时节，逃上山去。有人紧紧追赶。他深夜抵达山顶，那正是皮埃蒙特的边界，眼前根本没有路，只见横着一道无边无际的悬崖，从阿尔卑斯山峰下去，坡壁滑得要命。

他满肚子装着祖先的故事、英勇事迹，记得坚强不屈的莱热（Léger），著名的历史学家，同四百人英勇返回时，有多少个冬天就躲在山洞里，而他们的盟友就是冬季和高山，能阻止两个国王的进攻。穆斯通也有同样一颗勇敢的心，他信得过阿尔卑斯山，将自身的安危交给这群山，纵身滑下山坡……他摔下去……但是还活着……跌到法国——七月的法兰西①，成为将他搂在怀里的一位母亲。

---

① 七月的法兰西：指发生了七月革命的法国。1830 年 7 月 27、28、29 日连续三天，巴黎发生广泛的革命运动，导致查理十世国王下台，七月王朝的建立，开始了路易—菲力普一世的统治时期（1830—1848）。

比利牛斯山脉

························

比利牛斯山脉①，火的女儿，不如阿尔卑斯山脉那么年轻，也没有那么丰富的水源。但是，比利牛斯山脉拥有丰富的金属矿藏、大理石矿藏，以及能增强人精力的活跃的温泉，尤其日照充足。

比利牛斯山脉的峭壁绵延不断，高峻威严，令人生畏。它是一道屏障，隔开欧洲与非洲，这个人们称为西班牙的非洲②。一刀两断，绝对分离，毫无渐进的过渡。阿尔卑斯山脉区域宽阔，从意大利前往普罗旺斯、里昂，旅途还是比较通畅的。然而，如果从图卢兹出发，翻越比利牛斯山脉，那么过了南麓陡峭的山坡，您就跨越了一个世界，突然降临萨拉戈萨③。

比利牛斯山脉的曼延部分，山峰不算高，但是海拔却高于阿尔卑斯山脉。比利牛斯山脉结构没有那么复杂，却突显其雄大的单纯和卓越的特色。

比利牛斯山脉发源的两条大河，从相反方向流下山，一条东流，一条西去，埃布罗河④注入地中海，加龙河⑤则流进大西

---

① 比利牛斯山脉：欧洲南部山脉，法国与西班牙的界山。

② 伊比利亚半岛先由罗马人统治，公元五世纪日耳曼部族入侵，建立王国，七世纪接受基督教。八世纪北非的穆斯林入侵，统治半岛长达六个多世纪，直到1492年，基督教王国才从半岛驱逐全部伊斯兰势力。因为这段历史，西班牙有时被人称为非洲。

③ 萨拉戈萨：西班牙的省份，省会即萨拉戈萨市。

④ 埃布罗河：西班牙河流，发源于比利牛斯山脉。

⑤ 加龙河：法国西南部河流，发源于西班牙境内的阿兰谷地。

洋，形成一种美妙的相反对称。不过，埃布罗河流未免显得僵直，加龙河则弯弯曲曲，更有美丽而湍急的阿杜尔河①相映衬，平添了几分曼妙。

比利牛斯山脉的卓越，在于灿烂的阳光、火辣辣的色彩，还在于时刻笼罩着山头的神奇闪电：那是人们想看而被山峦遮住的酷热南方世界给山头戴的帽子。应当承认，这方面比较起来，阿尔卑斯山脉就逊色了。在比利牛斯山区，激流的水绿得十分奇特，有些牧场赛似绿宝石，同颓岩断壁形成鲜明对照，还有绿色大理石、从黑色岩石透出来的红色大理石，这一切都十分独特。

那些山峰不断呈现奇观，不断变换容颜，时而化为淡蓝色，时而变为难以描摹的玫瑰色（出现在凌晨与曙光初现之间），时而又变成紫红色、金黄色，以及傍晚的霞光火焰。这种奇观随时间而变化，也同样因距离远近而不同：在一百二十公里处，八十公里处，或者四十公里处，景象完全不同。当您抓起画笔，以为能定格画出来，可是在平原上往前多走两步，一切就变了。那些仙女峰又换上另一种容貌。那种魅力，早晨显得轻盈，中午就变得庄严了。

有一年常下暴雨的酷夏，我在蒙托邦②市逗留，室内一扇高悬的窗户，朝向泰斯库河③、塔恩河④，以及开阔的大平原。窗户特别宽大，犹如玻璃长廊，装得下从巴约讷到南面峭壁，再从那儿到鲁西永⑤的比利牛斯山脉全景。不过，距离这么远，我只能在一定日子和一定时刻，看清全景的轮廓。暴风雨来临

①　阿杜尔河：法国西南部河流，发源于图尔马莱山口附近。
②　蒙托邦：法国南部塔恩—加龙省省会。
③　泰斯库河：法国南方流经蒙托邦市的小河流。
④　塔恩河：法国南方河流，流经阿尔比、蒙托邦等城市，汇入加龙河。
⑤　鲁西永：法国南方旧省名称，今划规入东比利牛斯省。灌溉发达，盛产水果蔬菜，种植很多葡萄园，旅游胜地。

的前一天，大气变得澄净透明了，我望着山影那么飘忽不定。我看见山了吗？那是一团乌云吧？不对，那确是比利牛斯几座山峰，只是有时看上去，覆盖的积雪显得比实际上更多些。美丽而丰富多彩的大平原（我认为首屈一指），以其乡村、河流的千变万化、层出不穷的壮丽景色，非常明确地提醒我距离之遥远。然而，正因为那山景朦胧不清、变幻不定、令人迷惑，我就越发贪看，百看而不厌。我们一连几小时，如梦如幻地观赏，始终怀着激动的心情。我们有多少从前的美梦，多少幻想和泡影，悬挂在那片乌云上。而那片乌云捉摸不定，又真实存在，时隐时现，那是一个世界的天然屏障，是山那边的未知境界！

那未知境界是传奇的国度，充满了不可能而又发生了的变乱，锋芒毕露。从摩尔人①到哥特人，从西班牙到西班牙，根本不可调和，发生一场永无休止的争斗，是一片痴心妄想驰骋的无边沙场。"西班牙的城堡"②，已经漂浮在比利牛斯山上。这道高墙唯独两端矮下来，两个门吏（巴斯克人和卡塔卢尼亚人③）都是急性子，他们威严地打开了堂吉诃德的奇特国家的国门。

据说能打开高墙的所谓通道都极其艰难，一年有六个月，无论骡子还是人，都不敢冒险攀登。罗兰④用他的杜兰达尔剑劈开的著名豁口，从前也只有走私犯、被通缉的强盗勉强通过。两个王国之间，除了这些障碍之外，比利牛斯山脉还有起扶垛作用的陡峭的分脉，隔开深谷，也分割了山脚下的居民。

---

① 摩尔人：公元八世纪，北非的穆斯林侵占西班牙，统治长达六百年，基督教世界称他们为摩尔人。

② 这里是直译，意译为"空中楼阁"。

③ 巴斯克人：居住在比利牛斯山脉西端两侧山坡的族群。卡塔卢尼亚人（Les Catalans）：西班牙东北地区居民。

④ 罗兰：法国十一世纪末最古老的英雄史诗《罗兰之歌》中的英雄骑士。他随法国国王率领的火军去征讨的敌人，正是统治西班牙的摩尔人。

那些部落极不协调。在巴斯克人的毗邻，您能见到加斯科尼①凯尔特人；而在比利牛斯山脉两端（佩皮尼昂、巴约讷），则聚居了大量移民摩尔人。

语言和服饰也千差万别。即使到了今天，在塔布，法国西南部城市的集市上，还能看到多种多样的服饰。集市上往往能同时见到比戈尔②地区白软帽、富瓦（法国西南部城市）棕色软帽、鲁西永红色软帽，有时甚至能见到阿拉贡③大扁帽、纳瓦拉④圆帽、比斯开尖帽。巴斯克人车老板赶集时，会骑在驴上，赶着三匹马拉的长板车，头戴着贝阿恩（法国西南部地区）贝雷帽。不过，您很快就能辨别出贝阿恩人和巴斯克人：他们是矮个儿男人，帅气而快活，口齿伶俐，手脚也敏捷；是大山的儿子，以大跨步快速丈量山路；是灵巧的农民，以自己的家庭为自豪，在帽子上标明自家的姓氏。

严峻的比利牛斯山脉微微一笑，在中心点生出一条可爱的河流，有点任性的加龙河。这是一条给人惊喜的河流，是最阴郁的母亲、马拉德塔⑤黑色山峰的快活女儿。它先是在牧场之间嬉戏，然后直落八十尺，坠入深潭，注满之后，再落下两千尺才重见天日。人们能感到它就在身边，因为从它滋润的玫瑰、茂盛的树木、千百种植物上能感觉出来。最后，它志得意满地来个突变，形成瀑布冲出来，带上从南面赶来的小加龙河。前路要遭遇多少惊险！又是多么奇妙的命运啊！它在流经的路上要创造一个世界，创造田地、城市，直到浩浩荡荡，一望无际，忘记它出生的高山，也忘记它乡土的本名：它看到了

---

① 加斯科尼：法国古公国，旧省名称。
② 比戈尔：法国旧伯爵领地，首府为塔布，1425年并入贝阿恩。
③ 阿拉贡：西班牙东北部自治区，首府萨拉戈萨。
④ 纳瓦拉：西班牙北部省份。
⑤ 马拉德塔峰：西班牙境内比利牛斯山脉的一座高峰，海拔3312米。

无限——吉伦特河口湾①。

比利牛斯山麓最初的居民，大概就是巴斯克人、古伊比利亚人，甚至是先于凯尔特人的世上古老种族。倒是在布列塔尼、苏格兰或爱尔兰定居的凯尔特人身上，能找见相近的特点。巴斯克人，作为西方各种族的兄长，固守在比利牛斯山脉一隅，泥古不变，眼看着所有民族：迦太基人、凯尔特人、罗马人、哥特人和撒拉逊人②都走到自己前头。但我们这些年轻的古老民族，却引起巴斯克人的怜悯。一位蒙莫朗西家族③的成员，对一个巴斯克人说道："我们家族有上千年历史了，您知道吗？"巴斯克人则回答："我们的历史呢，已经无法计算了。"

---

① 吉伦特河口湾：加龙河和多尔多涅河交汇流入大西洋冲出的三角港湾，长75公里，位于法国西部吉伦特省和滨海夏朗德省之间。

② 撒拉逊人：中世纪欧洲人对阿拉伯等地穆斯林人的通称。

③ 法国著名家族，历代出了不少名人，如安娜·德·蒙莫朗西公爵（1493—1567），曾任王室总管、法国元帅和上议院议员。

比利牛斯山脉（二）

....

海和山，显见都有各种各样的幻想。若说想象力丰富，莫过于这里海岸边的男子汉了，他们就爱干些不可能的事情，热衷于到高山深渊、极地冥海去探险。他们可以去追逐那些幻想，最糟糕的，也无非是找到他们自己的幻想，狂人的幻想之岸。不那么显耀的山峰耸立起来，有的怪石嶙峋，有的颓岩高悬，险象环生，摆出各种虚幻的姿态。山脚下大片荒原，夜晚遍布幻影，在中世纪就是巫魔晚会①的殿堂。从崩塌的峰巅到波涛汹涌的大海，都由风魔王主宰着，这个散播混乱和暴风雨的精怪，总给人以获得财宝的希望，不愧是谎言大师。世间最疯狂的女巫，要数巴斯克女巫，既迷人又危险，她们披头散发，施展妖术，让阳光透过暗褐色炫耀灿灿的金色。

我们能言善辩的拉蒙，迷茫世界的情人，他那么执著地追寻，不是很有点钟情吗？年少时，他就曾轻率地追随另一些幻想：卡廖斯特罗②的梦想及其对大自然的崇拜。后来，他又怀着一颗火热而慷慨的心，投入革命的门槛，希望人类的解放和

---

① 巫魔晚会：根据基督教的神秘学、中世纪传说，巫师巫婆夜晚到森林参加由魔鬼主持的群魔舞会。

② 卡廖斯特罗（1743—1795）：意大利江湖骗子、魔术师和冒险家。法国大革命前，曾混迹巴黎上流社会，红极一时；后来又流窜欧洲各大城市，兜售一种"长生不老药"，给人算命，他还声称能把其他物质变成黄金和钻石，后因行骗触犯刑律，被判处终身监禁。

幸福。然而过不多久，又是多么残酷的回报，多么痛心的幻灭啊！他遭受挫折，被放逐到荒漠，但他并没有就此一蹶不振，而是以同样的激情，转向了大自然。他探测地球之谜，出版了一本书，关于比利牛斯山脉的佳作，充满富有见地的论述。可是这次，他又探索别的东西，渴望抵达人们到处看得见的那座不断消失、仿佛要隐匿起来的山脉。

索绪尔没有费这么大劲儿，他事先就掌握了白朗峰，知道去哪儿能找见，也知道白朗峰的状况，那是一个花岗岩的圆顶。而拉蒙探索的那座山峰的秘密，虽然是石灰岩结构，但是跟花岗岩山峰同样高耸入云。他以一种令人难以置信的热情，坚持研究了十年，走险路，独自登山。当时正值战争时期，把守边境线的西班牙人，在海拔一万尺山顶的凸堡上，望见下面荒凉的大圆谷中或者悬崖壁上，出现那个游荡者的身影，就不禁发出疑问："那是个什么精灵？"

拉蒙来到绵延的深谷，两侧高墙正是比利牛斯的两条山脉，他遇见的唯一生灵，就是每年都从远方到这清凉山谷吃草的西班牙绵羊。那些野性十足的牧羊人，都自认为懂得点巫术，很容易产生幻觉。他们唯一亲密接触的就是自己放牧的羊群，而这种动物爱沉思默想，似乎知道不少事情而没有讲出来。牧羊人认为它们都有灵魂，只因没有经过洗礼，所以这些灵魂还未皈依基督教。

在西班牙，牧羊人是主宰，能扫荡一方土地。五六万牧羊人及其美利奴羊①胜利大军，有梅斯塔，一个强大的行业协会的授权，从埃斯特雷马杜拉地区②到纳瓦拉、阿拉贡，一路走来把草木全啃光。牧羊人身披羊皮，腿上裹着羔羊皮，远远望去，不也像只野生的美利奴羊吗？

---

① 原产西班牙的细毛绵羊品种的统称。

② 西班牙西南部一个自治地区，包括卡塞雷斯和巴达霍斯两省。自十三世纪以来，这个地区一直是主要的游牧区。

我在《法国历史》（1835 年之前）中写道：

解释比利牛斯山脉，不是历史学家分内的事。让居维叶①、布赫②、埃利·德·博蒙③的科学来解释，让他们讲述这种史前的历史。当大自然兴致大发，随即赋出它的宏伟壮丽的史诗；当地心的燃烧体拱起比利牛斯山脉的轴梁；当群山裂开，大地异乎寻常地分娩，冲天产出又黑又秃的马拉德塔峰，他们几位都洞晓根由，而我却不知何故。不过，有一只手伸过来抚慰高山的伤口，逐渐覆盖上这一片片绿色牧场，足以让阿尔卑斯山脉的牧场逊色。山峰渐渐丧失锋芒棱角，变得浑圆，形貌美观了。下面又有山体来减缓陡坡，延迟降低的速度，并且在法国一侧形成这副巨大的阶梯，而每一级台阶都是一座山。

我们上山去吧，但不是登上维涅马勒峰④，也不是登上迷茫山，只是登上帕耶山梁，那里的水源要分送给两面大海；再不然就到巴涅尔和巴雷日⑤之间，秀美和壮丽之间。到了那里，您就能捕捉到比利牛斯山脉奇妙的美景：这些互不相容的怪异的景致，由一种不可思议的魔法聚拢在一起；您也能捕捉到这种魔幻的氛围，只见景物时而拉近，时而推远。可是，随后又现出荒野可怖的景象：躲在后面的高山，活像戴着美丽少女面具的一个魔鬼。这也无妨，我们要坚持，要沿着激流往上攀登，一路凄凉，穿过无数三四千尺高的乱石堆，继而见到尖利

① 居维叶（1769—1832）：法国动物学家，创建了比较解剖学和古生物学。他的《地球表面灾变论》（1825），对古代灾变概念提出新解释：地球在短时期内发生多次巨变，每次陆地上升，洪水泛滥，物种就毁灭，最后形成今日地球之面貌。

② 布赫（1774—1853）：德国地质学家和地球学家，他的研究成果对十九世纪地质学的发展起了不可估量的影响。他发现火山坐落在坚固的花岗岩上，这意味着火山是在原始岩石下面产生的。他还研究了阿尔卑斯山脉的构造，认为是地壳大规模隆起而形成的。他不具名出版的《德国地质图》，在同类地质图中是首创。

③ 埃利·德·博蒙（1798—1874）：法国地质学家，他同杜弗雷努瓦合作，画出了五十万分之一的法国地质图。

④ 维涅马勒峰：法国境内比利牛斯山脉最高峰，海拔 3298 米。

⑤ 巴涅尔、巴雷日：都是法国村庄，坐落在比利牛斯山上。

的岩石、常年不融的积雪，又见到激流受到无情的阻遏，挣扎着绕过一个又一个山头，终于来到神奇的大圆谷。只见圆谷周围冲天石柱脚下，涌出十二眼泉水，持续不断地提供水源，而汇成的激流在冰雪桥下咆哮奔流，然后泻下一千三百尺，形成旧世界的最高瀑布。

我们同大地灵魂息息相关，这在任何地方都不如在比利牛斯山脉感受深切。这颗灵魂显然寓于这些深泉中，地下的生命随着泉水重又上升到我们面前。这些泉水喷涌的力量，根本无法分析判断。我们在那里找到的所有元素，怎么掺和组织起来都是徒然，制造不出什么来，而地下的一种未知的工程却始终在进行。一位杰出的冶金学家德·塞纳尔蒙先生在《化学年鉴》中写道："大自然并未中止矿物创造，许多种类还没有仿造出来。这些种类的元素似乎并不遵从我们激发的同样的亲和力。化学的反作用亲和力，可能遵循别的规律。"

在巴雷日，在比利牛斯山脉的中心地带，就有这种感觉；在波希米亚，卡尔斯巴德①幽暗的漏斗状山口，也能感觉到这一点。这些地方的泉水非同小可，冲力大得惊人。不要拿数不清的普通泉水来比较：那些作洗涤用的泉水，滤过矿层，通过模仿，淡化色泽，就冒充成真正的温泉。这里的温泉则不然，能给人以生命，有时也能致人于死地：有的所谓病人十分轻率，前来游玩，亵渎这些温泉，就可能丧命。算了吧，寻欢作乐的人，不要去那里游玩，你们要尊重强大的母亲同孩子们沟通的这些重要地方。

上山到达巴雷日村的人，绝不会产生错觉。母亲就在这儿，乐于助人，也非常可怕，她那严厉的精魂就守在这里，不速之客会感到胆战心寒。高山内部自行规划着巨大的工程，这种事情，在别处很隐蔽，在这里却一目了然。人们正是到山体

---

① 卡尔斯巴德：捷克旧地名，现为卡罗维发利。

的废墟、悬空的危岩下面来寻找生命。在激流的对岸，也正是山体废墟形成的牧场，山上建了房舍，饲养了羊群。但是人也能感觉出来，这一切都是短暂的。的确，人进入这种危险地带，进入大自然巨大力量的这个幽暗实验室，是经过了特别照顾的。

这种工程在奥莱特村还更为明显，搏斗、奋力，就是要将地下的精魂引到人间。为此奋斗了上千年，才完全显露出来。早在查理大帝时期，人们就感觉到了，公元 800 年之后不久，那里建造了一座祭坛。一颗热情洋溢的灵魂，在这一带活动。人们大体上能感觉到这颗灵魂。在这座山的楼梯（奥莱特的山间狭道）上，某一台阶提供温泉，另一台阶则提供铜银混合矿。不过，山内部的巨大工程仍在继续进行，有时发生大灾难，引起一片恐慌，人们纷纷逃离，那地方便荒凉了。当初安置在那里的修士，无力驱逐这种陌生的破坏力，只好逃往地势低的地方。

亡者岩证实了那个时期山体崩塌，发生了灾难。大地不停地震动。被囚禁的精魂在颤抖，在躁动，用了上千年时间才解放出来。

除了比利牛斯山脉，还有鲁西永的高峰，卡尼古①这座孤山，在往周围倾泻泉水，形成奥莱特、阿梅莉、韦尔奈这些地方的温泉。这座山在滚热的腹心还保存了生命，而这种生命从前很可怕，如今则变得有益了。

在这里像在爪哇，也像在墨西哥湾暖流生成的安的列斯群岛那样，人们观察到热泉越流淌，地震越减缓②。三十眼泉水陆续出现，属于世界上最热的温泉（有一眼高达 78 度），每天

---

① 卡尼古：比利牛斯山脉东段的一座山峰。
② 收藏于佩皮尼昂的古手抄本《绿皮书》，就指出这一点。参看勒纳尔和布伊两位先生有趣的学术论著。——作者原注

总共能涌出一千八百立方米的水量，足够一万人同时沐浴。这是一条健康的、青春的、力量的河流，一条真正的生命之河。

最大的奇迹，就是泉水的多样性。各种温度、各种组合都呈现在这里。

在这十分狭窄的地方，您会发现比利斯山区的科特雷、巴涅尔和巴雷日温泉，都在这里会齐，而前来赴约会的不知道还有多少别的泉水。有的泉水会在您的脚下战栗，有所诉求，它们穿透黑暗见到天日，仿佛在说："终于轮到我了。"

神秘的极地

我们前文说过，科迪勒拉山系、阿尔卑斯山脉各高峰，都冻结并固定了水蒸气，成为中间的极地。而反过来，极地也令人联想到安第斯山脉和阿尔卑斯山脉。人们观察到极地和这些山脉的相似处。我们也应当注意，人们却不大强调差异。

攀登高山的人，是在走向光明。他登上海拔五六千尺高度，就走出了不确定区域，即飘动的云雾的海洋。站在这波涛之上，沐浴着宁静的阳光，便看见穿出云海的峰巅和冰川。

反之，向极地航行的人，是在走向黑夜，即黑暗而奇特的世界，那里仅余的光亮，具有难以确认的魔幻效果。

极地是黑夜，而不是死亡。地球鲜活的灵魂，在那里有相当明显的活动，体现在那些显示巨大力量的涌动中，那些穿透冰层的山峰上；体现在地球黑暗的两端熊熊燃烧的火焰之间。南极有埃尔布斯火山①，北极有扬马延岛②，如同两座威严耸立的灯塔。

极地表层巨大的厚度，在我们阿尔卑斯山脉则见所未见，那是冬季连着冬季，冰层覆盖冰层，重叠堆积到了无以复加的程度！坚硬的水晶墙壁，两倍三倍地加厚，甚至征服了海洋，迫使海洋歇息了。同时受北部的潮流和南部暴风雨余威的推

山海经 SHAI HAI JIIG 神秘的极地

① 埃尔布斯火山：南极罗斯岛上的活火山，海拔3794米。
② 扬马延岛：北极岛屿，属挪威，位于冰岛东北方，岛上有火山。

涌，大海平静下来，表面起初像是汪着一层油质，随后固定，终于封住了。

极地冰川没有阿尔卑斯山脉冰川那种痛苦状，没有那种种不同的变故。谷地坡上的冰川，毫不费力就行进、抵达并侵入毗邻的大洋。面临深渊的那些冰川，就自动跌落下去，在岸边建造自己的大教堂、排柱、拱廊、拱顶、尖形穹隆、扶垛，建筑的形体应有尽有，有的建在半空，有的建在海上，下面隆隆作响，忍受着固定不动的凄苦。

寒冷就是建筑师。那么用什么材料呢？乌云。我们的阿尔卑斯山脉只能接收风刮来的乌云。那么极地是怎样的情景呢？那里是海洋起浓雾的世界！海水流到冰山脚下还很热，冒出大量水蒸气。开头，水蒸气拖曳着压在海面，继而受到上方冷空气的召唤而升起来。大海不断地供应水汽，从而充实自己的对头，于是冬季将海囚禁起来。大雪纷飞，发狂一般落下。在酷寒中，雪花呈针状，那是一团团冰冻的细针。透明的棱柱体，无数面镜子，折射着极光奇妙的变幻。

这个怪异而可怕的世界，似乎命里注定戴着一成不变的枷锁，仅仅受制于一种法则：晶化。严酷的法则，全化为笔直的形状，尖端棱角分明，威胁并禁止生命的柔和形体。动物的生命力能够抵御这种严酷。两栖动物、海豹，披着脂肪的铠甲，还有鸟，这个温暖的躯体，大自然最火热的生命，都能在冰的世界里生存下来。那么，极其脆弱的植物呢，能获取一个隐避所、一天的小小生存位置、一时的宽容吗？植物敢于冒这种风险吗？人们不以为然。有人从映着淡淡光亮的岩石旁边经过，走在苔藓上，很长时间也没有分辨出躲避在那里的微型植物，它们实在太矮小而不易觉察，人们要经过两个世纪才发现那些微型植物的存在。

北极的旅行者有时拿这些可怜的植物，去比较阿尔卑斯高山上开的花。然而，比较这些地区，会有多少不同的事物，足以改变生命存在的条件。施皮茨贝格岛①的纬度，能与高山的海拔相一致，不过，除了气候，还有别的相似点吗？

在阿尔卑斯山脉，越往上攀登，空气越干燥，越稀薄。而在极地，大气滞重，饱含水蒸气。光线透过这样厚重的大气，能像透过一种阳光畅行的轻薄空气那样，传导热质和化学的全部能量吗？高山上，空气丝毫也不截留，阳光、热量全部由大地接收。施皮茨贝格岛上的花岗岩，始终是那么冰冷而凄凉。

冬季也许全部一样，可是到了春天，我们阿尔卑斯山脉的植物一钻出雪层，就见到相助的阳光。太阳很勤奋，早起晚归，升得很高，直射幽谷。善良而真正欢快的太阳，实实在在地唤醒着世界。我在那里看到多少个日日夜夜，极费力升上天边又消失了。惨淡淡的那颗太阳，不正是同一个太阳吗？

4月21日，太阳发力了，不再落下，开始了长达四个月的一个白昼。但是，太阳多低，光线多弱啊！大地仅仅接受斜照的阳光，感觉不到多少温暖。鸟儿是大地的救星，这种生命力极强的生灵，以旺盛的生命活跃并温暖着大地。植物还没有死，它小小的灵魂可要感激鸟类啊。

假如植物有个梦想，有个愿望，那就是做母亲。植物怎么做才能成为母亲呢？小小的植物生命，刚从贫瘠的土壤中钻出来，如何才能达到这种高级的豪华生存，这种交配并繁衍的伟大时刻呢？为了得到这样的时刻，只见这种植物自行微缩，成为微型植物。它缩小自己的全部器官，在微小中保持整体的平衡；而且，为了达到目的，甚至可以微缩成为原生物，淘汰形体，只留下精魂。它以这种代价，才能如愿以偿：拥有完全的生命，拥有爱，让灵魂永存。

四个月的白昼，漫长的一天，没有休息，没有睡眠；这就是施皮茨贝格岛的生活。这种生活，是否会受到阿尔卑斯山脉

---

① 施皮茨贝格岛：挪威的斯瓦尔巴群岛的主要岛屿。

的羡慕呢？不睡觉，这对动物和植物是多么严酷的法则啊！大家都知道达夫林爵士带到北极海那只公鸡的命运。白昼延长了，那只公鸡有着担心黎明时刻误了啼晓的本分，就忧伤而不安，仿佛意乱心烦，精神错乱，有时怪声怪调叫两下。黑夜即将结束的时候，它终于发狂了，小声梦呓，飞下岸边，溺水而亡。

　　这长达四个月的一天（当然十分必要，只因没有这样一天，冬季就会侵占这个世界，重又将其冰封起来），人要失眠，同样难以忍受。花儿不眠，就会无精打采，变得枯黄。阿尔卑斯山脉则不然，瞧瞧龙胆多么幸福，开放一整天之后合上星状花瓣，以待次日重新开放，变得更为年轻而鲜艳。极地的花儿很可悲，不幸被强迫劳作，要一直感受自己存在，一直看着自己生活，没有间歇，不能忘却也不能休息。

　　昏暗的世界，乍一看似乎空空如也，被剥夺了一切，是一个死亡的王国。可是正相反，通常意义的生命却大行其道。地球的两颗灵魂，磁和电，每天夜晚都在荒凉的极地聚会欢庆。北极光便是极地特殊的安慰。

　　大气流、海水潮流则是运载工具。两股海洋热流从爪哇和古巴往北方行进，冷却并冻结，然后又融化，不断回到心脏，而心脏借助磁流和电流，再使热流从赤道涌向北极。磁电作用的暴风雨是相关联的。到了夏季，极地开化，北方的潮流回到我们这里，给大地降温；这时，磁元素似乎迎头冲向电中心，从而引发狂风暴雨，尤其在这中心附近，电闪雷鸣，极为可怕，令人魂飞魄散。

　　极地恰恰相反，几乎从来听不见雷鸣。在冬季这种深夜里，仿佛一切都昏睡了。然而，天空异象，孕育更多的暴风雪！几乎每天晚上将近十点钟，天空猛烈炸开；突然照亮大地、积雪和冰川。大气中充满了冰粒子，冰粒子鲜明的棱角击碎空间，反射着颤动的光线。

这种神秘的现象，直到 1838 年才近距离被观察到。一方面是布喇菲①先生，而他的几位合作者则在另一点上跟随着他，一分钟一分钟地记录，然后再比较，总结他们的观察。在这种极其严酷的天空下，他们坚持了十三个夜晚（1 月 9 日至 22 日）。

天空首先升起一道黑幕，紫雾还相当透明，能够望见星光。紫雾上方有微弱的火光、微光？很快就明亮了，出现一道巨大的弧形，非常明亮，双脚踏在昏暗的地平线上。

弧形缓缓升起，越来越明亮。从布喇菲的观察和计算中可以判断，那弧形能升到大气层的极限，高度超过二十五法里（合一百公里），也许有五十法里。那是异乎寻常的高度，到了流星、火流星变得明亮耀眼而且白热化的区域。

无比壮观，可以说，整个大地都投入进来，既是观赏者又是演员。在前一天，或者数小时之前，大地已有先兆，用磁针到处都测得出来。在整个北极圈，磁针剧烈摆动，甚至从一极指向另一极。这种现象出现在南极，一直到我们北极，这就是给我们的警示。

淡黄色宏伟壮丽的弧形，平静地上升，只见它突然剧烈地动荡起来，化为两道、三道，往往能见到化出九道弧。那些弧形起伏波动，光的浪潮来回流动，犹如一面金旗翻卷飘扬，往返驰骋。

仅仅如此吗？那景象越来越活跃，长长的光柱、射流、形如标枪的光束，那么迅疾，锐不可当，从黄色变成紫色，从红色又变成绿宝石色。

它们在嬉戏，还是在搏斗呢？我们的老航海员、头一批看到那种景象的人，还以为那是一场舞会。但是，对一个目光敏

---

① 布喇菲（1811—1863）：法国物理学家，以晶体点阵理论方面的工作闻名。"布喇菲点阵"就是以他的姓氏命名。

锐的人，对一个心灵更加关注大自然情绪的人，认为那完全是一场悲剧。他们不会看错，那是被囚禁的灵魂在抖瑟，在深深地悸动，继而轮番上场，呼喊，激烈地回答：同意或不同意。它们在挑战和搏斗，有胜利，也有衰竭；有时还动了感情，就像海的女儿水母，浑身闪闪发光，她那盏灯忽而火红，忽而微弱，忽而黯淡。

一个特别激动的见证者——磁针，似乎积极参加了这场演出。磁针以其摆动，显然在联系、关注一切，表现这场戏的各个阶段和冲突，起伏跌宕。磁针仿佛紊乱了，惊慌失措，"发疯了"（这是海员使用的字眼）。

不过，谁目睹了这种景象，都不会平静的。如此宏伟壮观的气象变化，却没有一点声响，看起来不像自然现象，倒像一种魔幻。在阴森可怖的地方观看这种景象，不会赏心悦目，只会产生一种哀戚的效果。

结果如何呢？大地惴惴不安。谁能战胜、压倒这些活跃的光呢？南极和北极都提出这个问题。

到了夜晚 11 点钟，这是关键的时刻。搏斗渐渐和谐，光也斗够了，彼此沟通、和解并相爱了。所有光一起荣升，变成壮美的扇形，变成火焰的穹顶，宛若给一桩神婚戴上的花冠。

电，赤道的生命，另一颗灵魂，掺进了北半球的王后——磁，大地的灵魂。两颗灵魂相拥抱，合成了同一颗灵魂。

火 山

地球有心脏吗？那一个强劲的器官，使地球借以显示能量，进行呼吸，并因地球的变化而怦怦跳动。这样的器官如果存在，那也不应该去地心黑暗的火炉中去寻找，那里是地球自身浓缩的一团。这个器官还是应该在地球内部奋力而升到表层，那是自由宣泄的地方，是她的灵魂渴望遇到爱与授胎的伟大灵魂的地方。令人赞叹的神秘！但是绝不隐秘。地球有两面，有两片大洋，就自由地将这神秘置于光天化日之下、最灿烂的阳光下，置于波光粼粼的海上，以及火山大圈烛天的光照中。

这种主宰生命、爱、渴望的器官，一方面显示在印度洋中，在以爪哇为中心的火热的岛屿圈里；另一方面，显示在海地、古巴沸腾的盆地里。

这是一颗两叶的心脏，相互分离不过是表面现象，两者在环绕地球的赤道线大电流中合成一体。对于电流，空间或时间还算问题吗？

两叶心脏共同的明显征象，就是每叶连通的大动脉，即沸腾的巨大热流，从这两个心房喷涌而出。这股热流特别强劲，横冲直撞，独自奔流很长时间，在绿色海洋中形成一条湛蓝的脊背。在一千法里（合四千公里）、一千五百法里开外，还能感到这股潮流的热度。

这两个心房的唯一差异，就是印度洋这个心房，火山还很有活力；而安的列斯群岛那个心房，许多火山都熄灭了。海地

则压抑着它那些吼叫的火山。也许大陆临近的通气孔，或者巨大的热流替代了那些火山口。这种热流，在许多地方，都促使火山停止活动。

里特尔说得好，岛屿和半岛都是有益的器官，大大促进了地球的发展。这真是一种奇观，只见美洲和非洲、亚洲三个半岛，欧洲三个半岛，如同电极全指向南方，可以说在召唤热流负载的电。大地，以其所有尖端吸引大洋，而大洋也同样向往大地，前来爱抚，围抱大地，向海岸提供起伏波涛的优美。含盐的热流在温暖大地，继而，浪涛反而化为水蒸气，升起来，化为淡水，君临并渗透大地，使大地变得清新而年轻。

岛屿显然是受惠顾的小块土地。浪涛包围，拥抱这些岛屿，监守它们的安全；带电的波浪，不断唤醒岛上的生命，就好像在激发生命。人的最高能力——思想，极其敏捷而灵活，在印度、希腊和意大利的岛屿和半岛大放异彩。与尖角相对的那些海峡、小海湾、大海湾、港湾，乃至地中海，都成为生命繁衍的摇篮。地中海是半被囚禁的海洋，挣扎搏斗，但是方式很温和，以其接触摩擦，激发生命力。

这些地方通常是火山区域。希腊岛屿，以及安的列斯群岛、印度洋岛屿，纯粹就是火山。有人认为火山不过是一种意外事件，地壳的偶然现象，但他们的观点无法向我们解释，那些岛屿为什么都紧密相连，彼此呼应。人类的理智当初找到的假想，恐怕更符合事实。这种假想能更好地解释地球上的火山显然排列有序的缘故。

古代人认为那是内部世界的口，自然而又必不可少。人们看到昆虫的气门，或者鲍鱼的贝壳张开半扇，就会说道："它们是通过那儿呼吸的，如果堵上，就能把它们憋死。"火山运转不好的时候，地球的确感到窒息。地球痉挛起来，就是所谓的地震。长时间的震动，绝不如某个人所断言的那样，是岩石坠落，是山体崩塌。我们能明显感到气息在地下剧烈地运行，就是排不出来：压缩的水蒸气，要找一个出口减压。

大西洋淹没陆地，也绝非天方夜谭（洪堡语）。在处于胶着状态这段时间，地震可能非常凶猛。坚硬的地壳不再提供通道，它阻挡深层物质通常的上升，上层辉煌的土地拒绝下层黑暗的土地——她的嫉妒的姊妹升上来。这样，就可能发生大灾大难，直到地球健全器官，自造出呼吸、发泄的途径：火山。我们最普通的人身上，都有一套必不可少的生命器官，而生育我们所有人的这个星球体，怎么可能就没有呢？

呼吸是生命首要的、最不可缺少的功能，而地球布列这种功能就不如其他功能那么匀称。它几乎形成一个圆圈，分布上千座火山，里特尔称之为"火圈"。这种烛天的烈焰，令世人恐惧，也给世界带来安全。亚洲和波利尼西亚①的火山守望者，望着安的列斯群岛的守望者。无数死火山在大洋洲星罗棋布，还有二百多座在活动。火山带转向北方，经过日本、堪察加半岛、北极火山，以及美洲北端，然后向南，到墨西哥、秘鲁。

这些火山都是威严的人物，个个都有独特的面貌。中国的火山，被火焰穿透的冰川，一点也不像墨西哥霍鲁约山：霍鲁约是座大火山，能产小火山，周围全是灼热的子孙后代；它更不像基多②的火山那个大怪物，仅仅臀部就有两千八百平方公里。

绝不要夸大恐怖。这些喷放烟火的巨人，在他们的手臂上、怀抱里，在极高处，有他们哺育的大城市；犹如大兀鹰巢的城中，排列着人居的精舍华屋，虽然离雪峰极近，又终日刮着海风，暖暖的土地却让人住着温馨而舒服。基多，全球地处最高的城市，平静地占据着由火山和地震修理、折磨的土地，它在深渊上架起桥梁，听见脚下的呻吟之声也不介意。

---

① 波利尼西亚：中南太平洋中的群岛。
② 基多：厄瓜多尔首都，地处海拔2500米。

假如目光能从太平洋移向印度、美洲，纵观尽览，那么毫无疑问，这样巨大的火山带就会显得宏伟而可怕。不过，地球是在中间地带欢庆，举行大自然的伟大婚礼。

在芳香特别浓烈的海上，在岛屿连成的一个迷人的圈中，爱和死亡在火拼。爪哇从它燃烧的山峰向天空喷射烟火；爪哇，死亡、丰产、神圣的爪哇！

爪哇拥有大量火山，面积极小，火山数量却与全美洲相当，而且比埃特纳火山威力还猛。还应当补充爪哇的液态火山，它的深蓝色的大脉（日本称为"黑河"），流向北极，给北极海域增温，含盐分多，比人血里面的还多。

热海、烈日、火山、生命的火山。蓝山上，无日不有暴风雨，电闪雷鸣，人不敢直面。带电的雨水汇成湍流，增强土地的活力，让植物疯长。森林也一样，在烈日下冒着蒸汽，酷似半山腰的火山。

在最陡峭地段的森林，往往无法抵达，而且有时极为茂密昏暗，就是中午也得举着火把（A Tour in Java, Asiatic Journal①）。大自然没有见证者，它在那里大摆植物的盛宴，招待巨怪（布吕莫语）和鲜花魔鬼。

寄生在根部的无茎植物抓住一棵树的根部，汲取汁液和生命力。据说有一株粗达六尺。这些植物夜晚在森林里开花，响声如雷，颇为恐怖。这些黑暗的女儿鲜艳夺目，丝毫也不依赖阳光。她们接近地面，被温暖水汽和地球的气息滋润着，长得非常硕大，仿佛是地球春梦、情欲的奇思异想。

征服那里，需要付出很高代价。许多人毫不犹豫，付出了生命。植物学家布吕莫在《爪哇的植物群》的开篇，讲述所有那些在他之前去探险、踏上不归路的人凄惨的故事，谁读了都不能不动容。这是令人回肠九转的《奥德赛》。叙述者本人一时落入努萨岛，一座盛开鲜花、盛产毒物的奇妙的小岛。他身

---

① 英文，意为《环游爪哇，亚洲日记》。

处绝境，却不气馁；他几名最亲近的仆从、他身边的一切人全死了，他只能听天由命。后来几个爪哇人前来将他救走。他丝毫也不懊悔，虽然九死一生，因为毕竟获得了岛上那种花的奇迹生长奥秘。他说道："我病了，命在旦夕，必须尽快写，印出来。因为可能明天我就会死去。"

爪哇有两面。南向，已经是大洋洲了，清风吹拂，布满珊瑚虫、石珊瑚的活岩石；北向，还是印度所拥有的最有害健康的东西；冲积层的黑土地正在发酵，大自然进行处理自身死亡部分的工程，进行合成与分解。班塔姆那座富足之城，也不得不弃置了。那里一片废墟。繁荣的巴塔维亚城①是一片墓地盛景。在上世纪三十年间（1730—1753），那座城市吞掉了一百万人，仅在1750年一年就死了六万人。现在清洁一些，就没有那么可怕了。

被旧世界遗弃在那里的牲畜，据说境况很凄惨。夜晚有蝙蝠，毛茸茸形体巨大，别处见所未见。白天，即使正午，遥远时期的幽灵也不怕显形：那时期蛇长翅膀，怪龙能飞翔。大量黑色动物，其皮毛的颜色同山上的黑色玄武石完全一致。虎也是黑色的，这种可怕的毁灭者，1830年一年还吃了三百人。

地上这么恐怖，半空那些火山则高高炫耀天大的暴力。火山的模样也像一些人。从前的居民力图让它们息怒，给它们造庙宇。（仅在一座岩山上，就见到四百座小庙废墟。）火山也拥有祭坛，还有偶像。恐惧造就艺术。仍然存活于世的雕塑师证实，马来人内心有多么恐惧，但他们却心灵手巧。

这些火山巨人各不相同，各有各的名字。有的如印度的神祇、《罗摩衍那》中的英雄。有的起了吓人的怪名。古努尼滕格尔是一个巨大的火山口，周围两万尺，喷射的烈焰浓烟等于四座特纳火山，骇人的绝壁渊底深达两千二百尺。另一个火山

---

① 巴塔维亚城：印尼雅加达的旧称。

口出现在一片奇特的荒原上，镶嵌着泉水，是熔岩穿透了坚硬石英石而形成的火山口。有的定期喷放，就像一只规矩的牲口；有的沸腾着含硫的水，流进小池塘，即使冷却了，还始终那么激动，不断起涟漪。有一个好像泻了一湖奶，那白色如同幻视；还有一处，整个地区都布满大泉眼，汩汩流出咸水，最粗大的泉水射柱嬉戏跳舞，下面发出雷鸣般的吼声。它在玩球呢，抛起巨大的泥球，直径二十尺的泥球，泄气，爆破，泥浆溅向四面八方。阿朱纳火山、拉奥火山，随着浓烟滚滚涌出沸腾的、呛人的潮流；伊真山忽然有一天醒来，倾泻出一条河流。

这就是火山的任性，各有各的玩法。然而在地下，它们似乎就分不那么清楚了。有时，一座火山喷发了，另一座也燃起来，还不是距离最近的，而是相距遥远。这里发生一场地震，那边很远的一座火山熄灭了，就好像一口气吹灭一根蜡烛。

火山有很多极为独特之处，其一就是它们的根基全部有沟槽，座下的古玄武石仿佛岛屿的基座。它们喜爱玄武石的形状，那轮辐状线条、深深的沟纹，粗糙地模仿了地球这些黑色前辈的建筑术，如斯塔法岛凡加尔溶岩洞的列柱。有人想用各种偶然来解释这种现象，说是水挖出了沟纹。然而水纹不可能如此整齐划一，水绝不能将这种像伞骨的奇特形状，辐射到火山的圆锥体上。奇异的一致，又同样突显出火山的千差万别。全是同胞兄弟，然而各自不同，样子奇异、古怪而可怕。

这些狂怒的火山总在咆哮如雷，可是在深处却变得精通人性。自从上一次大爆发（1772），它们就没有作多大恶了，人们再也没有看到那种凶猛喷射的情景：势欲将山体本身抛起来，将方圆四百公里变成黑暗和灰烬的海洋。它们今天的威力，主要是倾泻咸水和大量泥浆。它们引起岛屿地震摇晃，居民都习以为常了。火山引发的闪电、暴风雨，根本没有形成飓风。爪哇虽然位于赤道，但是在这种持续不断的变动中，并不像非洲那么惨：非洲有重重封锁的黑区域，被永不停歇的暴雨压垮。爪哇也没有加特湍流所造成的灾害。爪哇的雨分配得更为均匀，而且富有火山水蒸气，并借助雷雨之力，使之化为肥沃的盐分，化为土地的欢乐。土地在畅饮火山，畅饮暴风雨，沉醉于生命的勃勃生机。（Bunsen，Gaz des volcans①）

　　两条山脉构成了爪哇的脊梁骨，也在岛内集中地形成了遮风挡雨的山谷。侧旁的许多山谷方向相反，整个布局多样化，各种朝向都有。不同的地形生长不同的植物。谷底，是石珊瑚虫的遗骸构成的土壤。稍高一些，就是花岗岩地基，覆盖着肥沃的热土火山灰。从海面到山顶，整个就像一架巨形梯子，提供了六种不同的气候，因而从海洋植物群和沼泽地植物群，一直到阿尔卑斯山上的植物群，都应有尽有。无与伦比的梯地，每个梯级的植物都品种繁多，十分茂盛，既有占优势的品种，又有过渡的品种，从一级导向另一级，没有断带，也没有突然跳跃，因而一路上山，穿越六种气候，看不到彼此之间的任何严格界线。

　　下面，红树林聚集水蒸气，对望印度和那沸腾的锅炉。不过，朝向大洋洲和百岛世界的一边，是挺拔的椰子树，脚踏进绿波中，清风吹拂微微摇晃。

　　棕榈数量极少。在竹林和橡胶树林的上方，爪哇还有一条华丽的腰带——爪哇森林，那是一色柚木，坚不可摧的柚木，橡木中的橡木，是世界首屈一指的柚木林。这是一种巨型槭树，高大的枫香树。

　　这里盛产人类的一切营养品，五大洲的各种食物。稻米和玉米、印度的无花果和香蕉、中国的梨、日本的苹果，还有桃、橙子和菠萝，在爪哇产量都很高，说起来谁会相信呢？甚

---

　　① 意为《火山的瓦斯》，本生著。本生（1811—1899）：德国化学家。他与 G. 基尔霍夫共同观察到，每种元素都放射出有特征波长的光，这些研究开辟了光谱分析领域。这种光谱分析后来对太阳和恒星研究极为重要。

至有草莓！草莓在溪水边就繁殖起来。

无可指责的大自然。但是就在旁边，另一种自然开始了，极为可怕，即高能量植物的自然，诱食的植物。它们具有诱惑和致命的特征，如与生命并行，便会缩短寿命。

从一端到另一端，正是这些植物统治了当今世界。国家成败，皆由它们而起。这些可怕的妖精，随便哪一个，改变全球皆胜过任何一场战争。它们将火山置于人体内，而我说不清是一颗什么灵魂，什么凶残的精灵，似乎比地球上的精灵还不人道。大革命尤其改变了时间长短的概念。烟草消磨时日，使人对时日漠然；咖啡提神，便缩短了时间，将小时变成分秒，时间从而死了，到了明天，我们就算交待了一生。

令人迷醉的罪魁祸首，数烈酒，还有糖。爪哇盛产八种，充分提供这种导致人狂热，让人短暂发力随即衰弱的东西，也同样盛产烟草。这种梦幻之草，缭绕的烟雾遮暗了世界。

幸而爪哇也产一种解药：咖啡，且产量极为丰富。咖啡斗烟草，咖啡也取代烈酒。仅仅爪哇一个小岛，就提供全球饮用的四分之一的咖啡。咖啡十分高级，晒得很干也不怕减轻分量。

咖啡是人的好补品，却有副作用，会减缓肠胃的蠕动。咖啡过于精妙，能模仿并激发做爱的力量。在那些炎热的地方，气候酷烈，容易寻欢作乐，不断有所欲求，男人在内外之火的夹击之下，身体就会消弱而垮掉，只好求助于刺激情欲的香料。那些辛辣的刺激物，先辣嘴，再烧五脏六腑，让人精神起来好把人吞噬掉。爪哇及其周围岛屿，从前仅仅以"香料岛"知名，其实也是剧毒品、医用毒物的产地。关于这些致命的植物，有很多骇人听闻的故事。

谁要观看东方，看看东方所显示的情欲和凶险的魔力，就应该在灿烂的阳光下，参观爪哇大市场。印度巧手制作的首饰，摆在那里引起女人的渴望，那是诱惑与寻欢作乐的代价。另一种吸引，来自极力寻找酷热而险恶的热带植物的疯狂，尚未命名的可怕花草散发的芳香。白天的煎熬过后，夜晚特别美妙、深沉，可以有惬意的休息。不过，也别太高兴了，随着幽夜渐深，人只能呼吸到死亡的气息。

请注意这样一点：如此光彩夺目的市场，赋予它一种阴森效果的，正是这群全是暗灰色的人，黑乎乎的色调，而且所有动物都是黑的。在这阳光灿烂的国度，形成了奇特的反差。酷热似乎烧焦了一切，将一切染成黑暗之色。体型极小的马来回走动，如同一道道黑色闪电。水牛步履缓慢，驮来水果、鲜花，那是生命最鲜亮的馈赠，但是它们如戴孝一般，一身蓝黑色的皮毛。这种时刻，我不想乱走，不想上山。上山可能撞见黑豹，那绿色的豹眼，在夜间能发出摄人心魄的亮光。谁晓得呢？森林高傲的暴君——黑虎，此刻开始游荡了。令人丧胆的幽灵，在爪哇，马来人以为那是死亡的精灵。

山海经 SHAN HAI JING

火山

海

山海经

SHAN HAI JING

岸边观海

荷兰一个勇敢的海员，一生都在海上度过，他坚定而冷静地观察，坦言大海给人第一印象便是恐惧。对于生活在陆地上的任何生物，水是一种窒息的、不能呼吸的元素。这是一道天堑，将两个世界截然分开，永远也不可逾越。人们称之为海的这泱泱大水，深不可测，显得那么陌生而神秘，如果说在人的想象中总展示可怖景象，那是不足为奇的。

在东方人眼中，海只是苦涩的渊薮，深渊的黑夜。从印度到爱尔兰，在各种古代语言中，"海"这个词的同义词或近义词，便是"荒漠"和"黑夜"。

每天暮晚，目睹太阳，人世的欢乐和一切生命之父，沉没在万顷波涛中，心上便油然而生无限的惆怅。这是尘世，尤其是西方每日的悲哀。这种落日的景象，虽然天天可见，但是总要对我们产生同样巨大的威慑、同样黯然神伤的效果。

假如潜入海中，到达一定深度，很快就不见光亮了，周围一片朦胧，永远保持一种色调，阴森可怖的暗红色。再潜下去，连这种色调也消失殆尽，完全进入黑夜，伸手不见五指，只会偶尔闪现可怕的磷光。茫无际涯，深邃莫测，海域覆盖了地球的大部分，似乎是个幽冥世界。正是这种景象，令原始初民震惊和畏怯。那时人们估计，没有光的地方，生命就会终止，而除了表层，下面整个无法探测的深度，海底（假如深渊有底的话），就是一片空寂的黑暗，只有枯骨与残骸，埋在荒沙和石子中；贪杳的海水只取不予，将多少海滩丧失的大量财

山海经 SHA4 HAI JI4G 岸边观海

71

富，仔细深藏在宝库里。

海水再怎么明净，也丝毫不能让人放心。那绝非是善意迎人的幽泉仙府。这里的海水浑浊而滞重，浪涛猛烈地拍击着岩岸。谁敢冒险到水中，就会强烈地感到被高高托起来。不错，海水能助游泳者一臂之力，但也同样控制他：他就感到自己是个弱小的孩子，由一只强有力的巨手摇荡，也可能被它击得粉身碎骨。

小舟一旦解了缆绳，天晓得一阵狂风、一股不可抗拒的潮流，会把它冲向何方？我们北方的渔夫也正是遭遇这种情况，才不由自主地发现美洲极地，带回来凄凉的格陵兰的凶险①。每个民族都有关于大海的传说和故事。《荷马史诗》、《一千零一夜》，都给我们记载了大量的骇人听闻的传说，有多少暗礁和风暴；就是静止的海面也同样致命，能把人困在水上渴死，还有吃人的水怪、妖魔、怪兽、海妖和巨蟒，等等。从前航海最勇敢的人，腓尼基人和迦太基人，以及要征服全世界的阿拉伯人，受到关于黄金和赫斯珀里得斯②传说的吸引，驶过地中海，向汪洋大海进发，但是不久就停止了。还未到赤道，前面就横着一条永远堆积乌云的黑线，便畏葸不前了。他们停下来叹道："那是魔鬼之海啊！"于是，他们掉转船头返航了。

"侵犯这一圣地，就是亵渎神灵。谁敢冒大不韪，一意孤行，必将大祸临头！他们在最后的岛屿上看见一个巨人，凶神恶煞断喝一声：'不准再往前走了。'"

古代人这种带几分稚气的恐惧，跟一个来自内陆的见习水手，突然望见大海时常有的那种惊慌，也并没有什么不同。可以说任何人猛然见到大海都会有这种反应。动物也显然会惊恐

---

① 北方渔夫当指冰岛人，他们早在哥伦布发现美洲大陆之前，就已到过格陵兰，甚至有人认为，北欧渔夫到过北美洲海岸。

② 赫斯珀里得斯：希腊神话中，夜神赫斯珀里洛斯的四个女儿，她们负责看守该亚作为礼物送给赫拉的金苹果树。

不安。即使退潮的时候，海水十分舒缓而平和，懒洋洋地在岸边拖曳，马见了也还是不安心，浑身颤抖，往往不肯涉过软绵绵的水流。狗见了则会后退并狂吠，以它的方式叫骂它害怕的浪花。狗觉得是充满敌意的可疑事物，就绝不肯和睦相处。一位旅行家对我们讲起，堪察加半岛的狗虽然见惯了海景，但每次见到都照样惊恐，狂吠个不停。在漫长的黑夜，它们往往成群结队，数以千计，对着狂涛怒浪咆哮，疯狂地冲击北冰洋。

西北部的忧郁的河流、南方的广阔的沙滩、布列塔尼的荒野，都是海洋的前庭，天然的津梁，引导人做好思想准备去感受大洋。任何人经过这些渠道去海边，看到宣告海洋的这些过渡地带，都不免十分惊诧。沿着这些河流两岸，一望无际惟见灯心草、柳树，以及各种植物，而且随着河流汇入的海水渐多，逐渐变咸，植物也都变成海生品种了。走在通往海边的荒原，先就望见一片低矮的荒草、蕨类和欧石楠的海洋。离海还有一两法里，就能注意到那些树木瘦小、细弱，一株株满含怨愤，以它们的方式和姿态，我是说以它们怪异的姿势，宣告大暴君已近在咫尺，能感到它那气息的威慑。那些树木如果不是连着根，显然都要逃走，它们背对着仇敌，眺望着土地，那副披头散发的样子，似乎就要离开，就要四散逃走了。它们弯曲下去，一直弯到地面，被固定在那里难以支撑，在狂风中只好七扭八歪。还有些近海地带，树木很矮，枝丫横向无限伸展。海滩上，贝壳已经风化，随风扬起粉尘，而树木则受细沙粉尘袭扰，被埋没了。树身的毛吸孔全闭合，缺乏空气，便窒息而死，但是依然保持原来的姿态，立在那里成为石树，树精，凄惨的身影不能消失，被囚禁在死亡中了。

早在望见大海之前，就能听见浪涛轰鸣，猜得出那是多么可怕的人物。起初听来，是远远的喧声，低沉而一致。继而，所有声响都逐渐退让，被那喧声盖过了。不久又会注意到，那是同一个音符庄严地交替，毫无变化地回旋，越来越滚动，越

山海经 SHA1 HAI J1NG
岸边观海

73

来越震撼。不如给我们计时的钟摆的声音那么均匀！然而这里的钟摆，却没有那种机械的单调乏味。这里能让人感到，让人以为感到生命的律动。确实，涨潮的时候，后浪冲上前浪，无边无际，电闪雷鸣，狂涛怒浪席卷而来的贝类和千百种不同的生物，也都发出各种声响，掺进大潮的轰鸣中。而退潮的时候，一种细碎的声响又能让人明白，海水连同沙子，又带走忠实的水族，将它们收回自己的怀抱。

大海之声，还有别种！它略微一冲动，幽怨和深沉的叹息，就同萧疏海岸的死寂形成鲜明的反差。海岸仿佛凝神，在倾听昨天还以柔波细浪相爱抚的海，今天所发出的威胁。过一会儿，海要对岸讲什么呢？我不想推测。我在此处无意谈论海也许要举行的可怕的音乐会，有海浪与岩岸的二重唱、浪涛冲击洞穴发出的低音弦和闷雷声，也无意谈论人们以为听到的令人心惊的呼叫：救命啊！……不，那还是等到海严肃起来的日子吧，它那时雄健而不凶残。

儿童和无知的人面对这个司芬克斯，如果说总那么既赞叹又惊愕，恐惧多于快乐，那也不必大惊小怪。就是对我们来说，大海在许多方面，还是一个巨大的谜。

实际上，海域究竟有多大呢？我们顶多知道，海洋比陆地的面积大。地球的表面，大部分是水，小部分才是陆地。不过海陆相对的比例，很可能水域占五分之四；也有人说占三分之二或四分之三。这事很难确定。陆地在增加，又在减少，始终处于变动状态；某一部分下降，另一部分又上升。一些极地被航海者发现并记录下来，下一次航行却不见了。有的地区岛屿不计其数，巨大的石珊瑚礁、珊瑚礁不断形成，升起来打乱了地理。

海洋的深度比面积更难以确知。仅仅初步探测，还为数不多，也不大准确。

我们在不可控驭的大海表面，大胆做的那些小小尝试，在

74

未知的深度要采取的大胆行为，都无损于大海所保持的应有的骄傲，连触动点皮毛都谈不上。其实大海始终那么封闭，那么不可思议。我们推测出来，也已经略微知道一点儿，一个神奇的生命世界，在海中生生不息，有战争与爱，还有各种各样的繁衍。然而，我们刚一进入这种异域，就急急忙忙出来。如果说我们需要海，而海却不需要我们，海洋完全可以不要人类。大自然好像不大在乎这样一类见证。上帝是大自然唯一的寓公。

我们所说流动的、无常的、变幻莫测的这种元素，其实并不变化，完全体现其规律性。不断变化的倒是人。人体（据贝采利乌斯①称，五分之四由水构成）明天就会蒸发。人这种瞬间过客，面对大自然永恒的巨大威力，有太多充分的理由浮想联翩。人要生活在永生的灵魂中，不管这种愿望多么正当，天天目睹死亡，目睹时刻摧折生命的骤变，还是难免黯然神伤。看样子大海战胜了死亡。我们每次靠近海，都仿佛听见它从永恒不变的深底说出："明天你就过去了，而我永远不会。你的尸骨将埋在土中，日久年深便化解消失了，而我仍然雄伟壮丽，不问沧桑，还将继续均衡的伟大生命：正是这种伟大生命，时时让我同遥远世界的生命保持和谐。"

这种反差十分强烈地显示出来，对我们似乎有点嘲笑意味，尤其在汹涌澎湃的海岸，浪涛从悬崖夺下石块，再掷向岩壁，每天带走两次，伴随着脚镣铁球拖曳的瘆人声响。凡是年轻人看到这种景象，无不联想战争的场面，想象成一场战斗，头一个反应就是惊慌。接着观察到，惊涛骇浪也有停止的界限，少年于是放下心来，由惧怕转而仇视，认为这个野蛮的家伙在同他过不去，随即也向咆哮的强敌投掷石块。

我于 1831 年 7 月，在勒阿弗尔观察到这场决斗。我带去一个女孩观海，女孩很气愤，觉得有勇气对付浪涛的挑战，便

山海经 SHAN HAI JING

岸边观海

---

① 贝采利乌斯（1779—1848）：生于瑞典，现代化学的奠基人之一。

以牙还牙，与之开战。力量悬殊的搏斗，令人发笑：一方是娇弱孩子的小手，另一方则是根本不在乎对手的可怕力量。然而，也笑不多久就会想到，可爱的孩子活不长，想到面对着将我们攫走的那不倦的永恒，她的生命多么短促，又多么弱小无力。——这就是我观海的第一瞥。这就是我的遐想，因太过准确的征兆而黯然；向我启示征兆的这场搏斗两方，我又看见大海，却见不到那孩子了。

沙滩、石滩和悬崖

....

到处都能见到大西洋。那大洋到处都显得威严而可怖。它包围的岬角便是这种情景，四面八方都望得见。空阔的，但是有限的海岸，也是这种情景，往往还更可怕，那里海岸逼窄，妨碍并激怒潮水，水流就特别湍急而汹涌，往往撞击礁石。眼前虽然不是一望无际，但是能感受到，听得见，也能推测出那茫无涯际的大洋；留下的印象就尤为深刻。

我所观望的大西洋景象，是格朗维尔狂风怒浪的海岸，介于诺曼底和布列塔尼的交界处：诺曼底美丽的农村那种丰富而可爱的，有时略显低俗的快乐，到这里便消失了，从格朗维尔起始，从危险的圣米歇尔①海岸起始，就进入另一个天地。格朗维尔根植诺曼底，改头换上布列塔尼的面貌。它的悬崖峭壁，骄傲地抵挡浪涛凶猛的冲击：那巨浪有时从北面英吉利海峡带来洋流的狂怒，有时从西部千里驰骋，带来不断壮大的洪涛，积聚了大西洋的全部力量进行打击。

我喜爱这个独特而略带哀伤色调的小城。小城居民以打鱼为生，要去最危险的远海。家家都知道，这是靠运气吃饭，人的生死难料。这就给这一带肃穆的海岸，增添了一片严肃而和谐的气氛。我经常在这里品味暮晚的惆怅，不是漫步在已经昏暗下来的海滩，就是伫立在岩顶的高城上，眺望夕阳沉落在雾

---

① 圣米歇尔有圣山，是天主教徒朝拜圣地。涨潮时，圣米歇尔山便成为海中孤山。

霭苍茫的天际。那个巨大的圆球,往往生硬地画上黑道和红道,沉没时还不停地在天空绘制幻景:那霞光的景色,在别处看往往会赏心悦目。八月份,就已经入秋了。黄昏变得非常短促,太阳刚落,就刮起凉风,暗绿色的海浪快速地奔驰。只能见到寥寥几个女人的身影,都披着白衬里的黑斗篷。迟归的羊群,还在约百尺高的岩岸坪台觅食稀疏的荒草,咩咩的哀鸣给海滩增添了几分凄凉。

建在高岩上的城极小,北面峭壁之下便是海岸:那石壁呈黑色,冷峻地同大海对峙,终年受狂风的击打。城中只有简陋的房舍。我由人带进一个制作贝壳画的手艺人家。我登上梯阶,走进一间昏暗的小屋,从窄狭的窗口望见这一凄凉的景象。这像我在瑞士望见格林德尔瓦尔德冰川时,同样地感到惊心动魄:那次也是走到窗口,完全出乎意料,猛然望见那座冰川,就觉得那是一个尖头的冰雪巨魔,正朝我走来。而格朗维尔这片海,也像一支波涛的敌军,大举进攻。

这家主人并不老,但是身体很虚弱,总好着凉发烧。刚到八月份,他那扇窗户就堵严实了。我观赏他的作品,谈话中发现他有点弱智。家里出了事,他的头脑受了刺激。就在这片海滩上,有一次发生危险,他兄弟惨死了。他认为大海就是灾星,觉得对他总是怀着敌意。整个冬天,大海不知疲倦,用冰雪与寒风击打他的窗户,不让他安眠。在漫漫长夜,大海一刻也不间歇,猛烈拍击他屋下的悬崖峭壁。而整个夏季,大海总向他显示难以估量的暴风雨、横跨天空的雷电。遭逢大潮时情况就更糟,海水猛涨六十尺,狂涛怒浪飞腾得更高,斯负到他屋前,拍击他的窗户。他甚至不敢确信,大海总到这一步为止,没准儿出于仇恨,还要狠狠捉弄他。他没有能另觅更安全的避身之所,也许是他不知不觉中,被什么魔力吸在那里。他还没敢同这可怕的海妖彻底闹翻,对大海还心存几分敬意。他不大提起海,谈论时也往往用手指一指,并不直呼其名,如同冰岛人在海上,不敢说出"乌尔克",惟恐那海怪听见就来了。

那房主望着海滩，说"那真叫我害怕"时，那张惨白的面容，至今还浮现在我眼前。

难道他疯癫了吗？绝不会，他讲话很有条理。我倒觉得他挺出众，也很有趣。他是个神经过敏的人，十分精明，太过精明而让人得不出这种印象。

大海把许多人逼疯了。利文斯顿曾经从非洲带出一个人；那人聪明、勇敢，不怕狮子。但是，他从未见过海，一登上航船，就同时感到双重的惊骇；既看到可怖的大海，又看到船上前所未见的一整套技艺，这对他的头脑冲击力太大了。他神经错乱了，别人怎么也没有看住，他找空子逃脱，盲目地投进令他害怕而又吸引他的波涛中。

此外，大海还能牢牢地拴住人。这种人长久地寄身在海上，同海一起生活已经完全习惯，根本离不开大海了。我还在一个小港口见到一些老领航员，他们身体太虚弱，只好辞职了。然而，他们为此痛苦不堪，苦熬日子，结果变得疯疯癫癫。

登上圣米歇尔山顶，有人就会指给您看一个平顶屋，人称"疯子"房。再也没有什么地方比这儿更适合建这种具有魔力的房子了。您不妨想象一下，举目四望，惟见大片平原，仿佛铺了白灰，似沙非沙，那种虚假的柔和构成最危险的陷阱。说是土地又不是土地，说是海水又不是海水，也不是淡水，尽管地表下面溪水常流。在短时间，还偶有小船通过，但是极少见。如果潮水退了，再通过就有陷下去的危险。我能这样讲，就是我本人险些陷进去。我乘坐的一辆十分轻便的马车，那次只用两分钟，就连同那匹马沉没不见了。我幸免于难也是奇迹，但是步行时也往下陷，每走一步，都感到可怕的扑哧一声，仿佛深渊的一声呼唤，柔声地邀请，吸引我，从下面把我抓住。不过，我终于走到了岩石，走到了庞大的修道院，隐修院，堡垒和监狱，那种残酷的壮丽，确实无愧于这一带的景

色。此处不便描绘这样一座建筑。在巨大的花岗岩上，高高矗立，还一层一层升高，无穷无尽，犹如一座巴别塔①，由一个巨人一个世纪接着一个世纪，岩石垒岩石搭建起来的，但总是地牢压着地牢。最底层，正是修士的地牢；上面一层，则是路易十一建造的铁笼；再往上，又是路易十四建造的铁笼；再高一层，便是今天的监狱。整个建筑坐落在旋涡中、大风中、永恒的侵扰中。这是一座没有安宁的陵墓。

这片海滩害人，能说是大海的过错吗？根本不是。也像在别处那样，海水到达这里，涛声轰鸣，无比强大，但是也正大光明。真正错在陆地：陆地静止不动，总显得那么清白，其实很阴险，往海滩下面渗水，形成溪流，一种软软而白白的混合物，完全丧失了坚固性。还尤其错在人，错在人的无知和疏忽大意。在野蛮的悠悠岁月，人还在向往着传说，要创建战胜魔鬼的大天使的朝香圣地，魔鬼却占据了这片被遗弃的平原。大海完全是清白无辜的。咆哮的海非但没有作恶，反而在凶猛的波涛中送来财宝，比尼罗河的淤泥还好的沃土，能使各种农作物生产，从前将多勒的沼泽地变成美丽宜人的地方，如今则改变成花园。海是一位有点粗暴的母亲②，但不管怎样，毕竟是母亲。她不仅盛产鱼，还往对面的康卡尔，以及别处沙洲上，堆积百万亿计的牡蛎，并且赋予粉碎的牡蛎贝壳以勃勃生机，使其转化为芳草、果实，还给牧场布满鲜花。

一定要真正理解海，不要附和临海土地可能提供的错误见解，也不要附和大海本身可能让我们产生的可怕错觉，只因海洋的各种现象太宏大，殊不知那种表面上的狂怒，往往还能造福。

---

① 巴别塔：《圣经·旧约》记载，挪亚的后裔要建一座城和一座通天的高塔。但是耶和华打乱了天下人的语言，使他们彼此言语不通，遂分散到各地。城与塔均未建成。

② 法文中的海 la mer，与母亲 la mère 读音相同。

沙滩、石滩和悬崖续篇

....

　　海岸的沙滩、石滩与悬崖，表现海的三种面貌，而且总是很有成效。这三者说明并阐释海，让海同我们发生关系，让人明白这种宏伟的力量，乍一看十分野蛮，而其实是神圣的，因而是友好的。

　　悬崖的长处，就是站在这种高高的石壁脚下，能比别处更为敏感地观赏潮水，不妨说，体认大海的呼吸、脉搏。悬崖对地中海不感兴趣①，仅仅标识大西洋。大洋同我一样呼吸，同我内心的律动相一致。同上天的律动相一致。大洋迫使我不停地随它计数并忍受时日，迫使我仰望天空。大洋还提醒我，既注意我本人，也关注世界。

　　我坐在悬崖上，例如坐在昂蒂费角②的悬崖上，观望这无边无际的景象。海洋刚才还一片死水，现在又微微漾起縠波，开始颤动了。这是大规模运动的头一个信号。潮水越过瑟堡和巴夫勒尔，凶猛地绕过灯塔角，水流沿着卡尔瓦多斯省海岸分路，到勒阿弗尔上涨，现在朝我冲来，奔向埃特尔塔、费冈、迪耶普，灌进运河，逆北方省各水流而上。我必须当心了，看准涨潮的时刻。潮头的高度基本上超不过那些沙丘或小山，潮

----

　　① 地中海沿岸地势平坦，没有悬崖峭壁。
　　② 昂蒂费角，以及这一段出现的地名，均位于法国西北部沿海，属诺曼底地区。

来时可以就近登上到处皆是的沙丘；然而在这里，在悬崖脚下，就要特别当心：石壁绵延三十多法里，没有几道石阶可以攀登。沿岸石壁凿开隘道，建几个小码头，间距拉得相当大。

尤其令人感兴趣的是，落潮后能观察到重叠的冲积层，巨大的史册，记载了地球历史，是多少世纪积累下来、奉献的一本完全打开的时间书。每年吃掉一页。这是一个正在拆毁的世界，海水一直从下面侵蚀，而风雨冰霜还从上面夹攻。浪涛溶解石灰岩，冲走又送回来燧石，燧石不断滚动磨圆而成鹅卵石。——这一带海岸，陆地一侧十分丰饶，经过这种艰苦的劳作，就变成真正的海岸荒滩了。很少，极少海生植物，能在鹅卵石永远来回地碾压中幸存下来。软体动物和贝类也都惧怕。鱼类甚至都远远避开。多么巨大的反差；一边是特别适于人居的温和的乡野，另一边是极不好客的大海。

这里一般是在悬崖上面观海。峭壁下面的海滩全是鹅卵石，踏上去滚动溜滑，狭窄的海滩简直就无法通行，走上极短一段路，不亚于做一套剧烈的体操。必须停留在崖顶，上面有豪华别墅、美丽的树林、长势喜人的庄稼、小麦、花园，一直延伸到石壁的边缘，站在崖顶极目望去，只见隔开两岸和世上两大王国和英吉利海峡，大小船只往来如梭，不啻一条繁华大街。

大地和海洋！还求什么！两者在这里都魅力十足。然而，纯粹爱海的人，作为海的朋友、情人，还是要去别处寻海，到一个景色稍微单调的地方。要同海建立起持续的关系，大片沙滩则更方便，只要沙子不太松软。大片沙滩，可以没完没了地漫步，也可以遐思畅想。这些沙滩，在人和海之间，要苦苦倾听多少神秘的倾诉。在这种宽阔而自由的场地，别人会觉得非常无聊，而我却从无怨言。我在这里并不孤单。我走来走去，能感觉得到：伟大的伴侣就在旁边。只要他不太冲动，情绪不那么恶劣，我就大着胆子同他讲话，他倒也欣然回答。在斯海弗宁恩①、奥斯坦德②、鲁瓦扬③和圣乔治的无边无际的海滩，每逢无人的寂静时节，我们俩交谈了多少事情啊！正是在海滩上的一次长时间促膝交心，才建立起了几分亲密的关系。很珍视这种新的意识，以便理解伟大的语言。

站在阿姆斯特丹的塔楼上眺望，如果须德海④呈现土灰色，掀起熔铅似的水波；站在斯海弗宁恩的沙丘上，如果望见海水高悬，随时都要冲过堤坝，在这时候，人们就觉得大洋一片愁惨。而我，对这场搏斗很感兴趣；一边是我系恋的这片土地，完全可以依赖，体现人的努力、创造和发明；另一边是我同样喜爱的大海，知道海中丰富生命的宝藏，是世间生物最密集的地方。到了圣让之夜⑤，开始下海捕鱼，您将看到从深处浮起另一片海，鲱鱼群的海洋。水域一望无际的平原，也容不下这生命的洪流，这是大自然无限繁殖力的最成功的一种宣示。这就是我预感的海中盛景，而图景中大海深厚的性格，也由天性突显出来。雷斯达尔⑥的那幅画，晦暗的《防栅》，胜过任何别的画幅，总能把我吸引到卢浮宫。为什么？在雷电照得海水发红的色调中，我丝毫感觉不到北海的寒冷，反而感到生命的骚动、生命的洪波。

不过，假如有人问我，大洋哪处海岸给我的印象最深，我就会回答：布列塔尼海岸，特别是结束旧大陆的原始而壮美的花岗岩岬角，那雄踞大西洋并挑战暴风雨的尖角。我在任何地方，都不如在那里能更深地感受大海的最美好的印象，那种崇

---

① 斯海弗宁恩：荷兰港口城市。
② 奥斯坦德：比利时港口城市
③ 鲁瓦扬：法国海滨城市。
④ 须德海：荷兰境内，又称艾瑟尔湖。
⑤ 圣让之夜：天主教圣徒节，圣让节是每年 12 月 27 日，前夜放烟火，有圣让节烟火之称。
⑥ 雷斯达尔（1628/1629—1682）：荷兰巴罗克画家，荷兰最伟大的风景画家。

高的忧伤。这一点我应解释几句。

忧伤与忧伤不同——女人的忧伤、强者的忧伤。过于敏感的心灵为自身而饮泣；但是，毫无私己的心灵，接受自身的命运，总能顺其自然，却感到世间的痛苦，并在忧伤中汲取力量去行动或创造。我们的心灵，多么需要在可以称为英雄伤悲的这种状态中经常磨炼！

将近三十年前，我游览这个地方，当时还不明白它对我的巨大吸引力。其实，正是它那恢弘大气的和谐。在别的地方，也说不清什么缘故，总感到土地和居民之间关系不协调。非常优秀的诺曼底种族，在乡镇中保持纯种，保持红色——斯堪的纳维亚半岛所特有的棕发，同他们偶然占据的土地毫无关系。反之，在布列塔尼，在地球地质最古老的这片土地上，在花岗岩和燧石上，行走着原始种族，赛似花岗岩的人民。粗犷的种族，极为高贵的、砾石一般精粹的种族。诺曼底怎么与时俱进，布列塔尼就怎么衰退败落。布列塔尼富于想象，追求精神，但也照样喜欢荒谬、不可为的事、未竟的事业。然而，如果说布列塔尼丧失了许多许多，但是它却保留了一样，最为珍稀的，那就是性格。

若想稍微摆脱乏味的英国方式、自称实证的那种庸俗，总之，稍微摆脱那么可悲的愚蠢的欢乐，那就去杜瓦讷内湾①、庞马克角②，在那岩石上坐一坐吧。假如嫌那里的风太大，也可以去莫尔比昂群岛③，乘坐小船游览。大海送来暖波，甚至听不见声响。布列塔尼，在温和的地方，就特别温和。您在那些群岛中，就会说那是死亡的波涛。布列塔尼在强悍的地方，就强悍到极致。

1831 年，我忧伤不已，忧伤的情绪进入我的历史。那时我

---

①② 杜瓦讷内湾和庞马尔角，位于法国最西端，属布列塔尼地区西部菲尼斯泰尔省。

③ 莫尔比昂群岛：属布列塔尼地区西南部莫尔比昂省。

还不了解这片大海的真正性格。正是在最僻静的小海湾，在最荒野的岩石间，大海才真正快活，我是说活跃而欢快，显出旺盛的生命力。您会看到，那些岩石裹着一层灰色外衣，凸凹不平，那全是生物。整整一个世界定居在岩石上，退潮晾干时，就合拢闭合，等到奶母，好心的海又送来食物，小窗户又都纷纷打开。还有小小的岩石打洞工，一群有价值的居民，海胆，也在那里劳作，卡尤先生通过观察作了出色的描述。整个这个世界同我们的评价恰恰相反。美丽的诺曼底令它们畏惧；它们害怕并恐惧悬崖的粗糙的卵石，惟恐被碾碎。圣通日地区①摇摇欲坠的石灰岩岸，虽有可爱的沙滩，也还是不能让它们放心。它们小心避开，不会在明天就要坍塌的地方安家。反之，它们在布列塔尼的岩石上很高兴，感到身下是永不动摇的地面。

我们要向它们学习，不相信表象，而相信事实。最诱人的福罗拉②掌管的那些迷人的海岸，海中生物都纷纷逃离；这里还有众多，但已成为化石，能引起地质学家的兴趣，它们以尸骨教育海中生物。坚硬的花岗岩则相反，看到它下面的海里鱼类繁衍，它上面另有一番生活景象：有趣的族群，低级的软体动物，非常勤劳，那些可怜的小工人劳作生活具有很大魅力，体现大海的品德。

"然而却一片寂静。这个无穷无尽的族群无声无息，什么也不对我讲。它们自生自灭，同我毫无关系，对我而言无异于死物。孤独！（一颗女人心说道）巨大而可悲的孤独！……我无以安心……"

此言差矣。这里无不友爱。这些小生物不对世界说话，却为世界劳作。它们将话语交给大洋；它们崇高的父亲替它们发言，用它伟大的声音说明它们的生存。

---

① 圣通日地区属法国西部海滨夏朗特省。
② 福罗拉：罗马神话中的花神和花园女神。

在沉默的大地和海中渊默的族群，相互间也有对话，伟大、友善、强有力而严肃的对话——大我同自身协调一致，这种美妙的辩论只能是爱。

水圈、火圈——河流与大海

大地刚瞥自身一眼，就作出比较，自视胜过天。地质学还十分年轻，就同前辈天文学，科学的骄傲的王后分庭抗礼，发出一声巨吼。"我们的高山，"大地说道，"可不像星辰那样，胡乱投掷到天空；它们形成体系，从中能发现总体结构的各个环节，而在这方面，天上的星体却毫无迹象。"这句大胆而充满激情的脱口秀，作者埃利·德·博蒙，是个既谦和又杰出的人。

毫无疑问，还无人理清银河系表面杂乱无章的秩序（也许范围极大）。不过，地球表面最明显的排列，是它内部不可测的运动变化的结果，还留待，还将留待关于黑暗与神秘的最精微的科学去阐述。

从水中脱颖而出的高山，专称为大地，其形状布局多处相当对称，但还不足以归纳成一个所谓完整体系。这些突起而干燥的部分，还或多或少要取决于露出水面的状况。正是海洋作为界限，实际上划出了大陆的形状。任何地理学，也正是应该从海洋开始论述。

再补充一件大事，也是近年才披露的。大地呈现给我们的轮廓，有些似乎很不协调（例如：新大陆为南北向延伸，而旧大陆则是东西向），而海洋却相反，显示出极大的和谐，两个半球之间完全对称。匀称规整，恰恰存在于人们认为变化无常的水域。地球上最整齐、最相称的部分，即显得最为自由，遵循流动的规则。这头巨兽的骨骼和脊椎有其独特性，我们还未

能搞清楚。不过，它的生命运动促使海水流动，将咸水变成淡水，淡水不久又化为蒸气，回归咸水，这种令人赞叹的机制，同最高级动物的血液循环机制一样完美。再也没有什么更像我们静脉和动脉的血液不断变换了。

如果不是从山脉，而是从海的盆地划分地区，那么地球表面倒很容易理解了。

西班牙的南部更像摩洛哥，而不是北部的纳瓦拉；普罗旺斯地区更像阿尔及利亚①，而不是多菲内地区；塞内冈比亚②更像亚马逊河流域，而不是红海；同样，亚马逊河流域更像非洲湿地地区，而不是与它背对的近邻：智利和秘鲁，等等。

大西洋的对称，在下面的水流与上面的风向，还要更加明显。水流与定向的风大力协助，便创造出这些相像地区，形成了可以称之为海岸的兄弟关系。

地理上一致的起源、分类的要素，越来越向海盆地探求了：那里水流、季风都忠于职守。建立起两岸关系，并使之相类似。地理上一致的这种观念，人们不大会向山脉去寻求：山脉两麓往往彼此矛盾，在同样的海拔高度，两麓的植物区系和居民却截然相反；因朝向不同，这里一年只有夏季，而仅隔两步远的那边，就是永恒的冬天。高山极少赋予当地以一致性，倒是往往造成两重性，造成地方的离弃与不和。

这种天才的见解属于博里·德·圣万桑。莫里新近的发现，以及他提出的规律，就是以多种方式证实了这种见解。

在两个大陆的两座高山之下，海洋的巨大山谷中，确切说来，只有两个盆地：

---

① 西班牙南部隔地中海，与摩洛哥相望；法国南部的普罗旺斯地区，也是隔地中海，与阿尔及利亚遥相对应。

② 塞内冈比亚：即非洲塞内加尔与冈比亚的联合体。

1. 大西洋盆地；

2. 印度洋和太平洋大盆地。

辽阔的南大洋环带不确定，既无界限，也无海岸，往北连接印度洋、珊瑚海和太平洋，不能称为海盆。

南大洋独自的面积，就超过所有海洋的总和，几乎覆盖了地球的一半表面。面积和深度很可能成正比。近来探测的结果，太平洋深一万至一万两千尺，而在南大洋，罗斯和邓海姆发现了一万四千、两万七千，直至四万六千尺的深度。还要补充一点，南极洲的冰层，不知比我们北极的冰层大多少。如果说，南极圈是水的世界，而北极是土地的世界，这种简括的说法离实际并不远。

有人从欧洲出发，要横渡大西洋，如能顺利离开经常被西风封闭的港口，穿过我们变幻不定的不同海域，不久便进入天气晴朗的区域，那里有北向和东向的温和信风，能让海上和天空永远保持宁静。无不展现笑容，毫无令人不安之处。然而，再往赤道线航行，和风就止息了，空气变得闷热。这就意味进入与控制赤道的平静气候的区域，这一气候带永恒不变地隔开我们北半球和南半球的信风。乌云密布，沉重地压下来。倾盆大雨，时时刻刻冲下来。航海的人不禁愁容满面，连声抱怨；然而，如果没有这道阴沉的幕布，那么，太阳何等威力的火箭，就会射到在大西洋的明镜上已经发昏的头顶。在地球的另一面，如果没有暴雨的频繁袭击，印度海和珊瑚海，那里的老火山口又会活跃到什么程度！这片黑压压的乌云，从前令人恐怖，阻挡人航行，殊不知这种突然横亘在海面上的黑夜，恰恰是一种庇佑，给予方便，保护我们顺利通过，到达南半球，很快又见到灿烂的阳光、明净的天空，沐浴在温和的信风中。

赤道的炎热，自然蒸发大量海水，便形成这一乌云带。

一个观察者，如果在另一个星球眺望，就会看到我们地球周围漂浮一个乌云环带，类似我们看到的土星环。假如他要探

询这乌云环带的用途，我们就可以回答：它起调解作用，在轮番吸收和施放过程中，保持水蒸气的平衡，推动水流，分布雨量和露水，调解每个区域的温度，交换两个半球的水蒸气，将南半球的东西，借调我们北半球，制造出来江河。令人赞叹的友爱。南美洲的大森林，呼吸聚积成乌云，就友好地浇灌欧洲的花卉和果实。为我们更新的大气，正是爪哇和锡兰繁盛的花卉所散发的，是亚洲千百座岛屿交给乌云大使者的贡品：乌云席卷大地，也向大地倾注生命。

太平洋上火山岛数量极多，请您伫立在（我是指思想上）一座火山岛上，向南眺望，目光越过新荷兰，您就会望见南大洋以循环的波涛围困旧大陆和新大陆的两个尖角。南极洲根本没有土地，探险者发现的小岛屿，或者所谓的极地，刚一标出来，就眼看着消失了，那也许只不过是冰块。水，一望无际，所见惟有水。

我还请您呆在同一观察位置上，背对南极洲水圈，可以向东，向北冰洋半球眺望，那正是里特尔①所称的火圈。更加确切地说，那是由火山连成一只拉开的环，一条放松的铁链：首先是科迪勒拉斯山脉，接着在亚洲高原上，最后则在遍布东大洋的数不胜数的玄武岩岛之间。美洲火山为第一批火山，一连串六十余座巨型的灯塔，绵延上千法里，而且不断喷发，控制着陡峭的海岸和远处的海域。其余火山，从新西兰一直到菲律宾北部，有八十余座还在燃烧，而熄灭的则难以计数。如果目光再往北移（从日本到堪察加半岛），只见五十来座火山口烈焰熊熊，一直照亮阿留申群岛和昏暗的北冰洋海域（莱奥波德·冯·布赫、里特尔、亚历山大·冯·洪堡②）。总共三百多

---

① 卡尔·里特尔（1779—1859）：德国地理学家，与洪堡共同创立了现代地理学。

② 亚历山大·冯·洪堡（1769—1859）：德国自然科学家，自然地理学家，现代地质学、气候学、地磁学、生态学的创始人之一。

座活火山，将东半球围住。

在地球的另一面，当初我们的大西洋也是同样景象，开始公转就熄灭了欧洲大部分火山，也消灭了大西洋岛①。洪堡认为，那场大规模的毁灭，历代作了大量论证，应当是确凿无疑的。我也敢补充一名，那块陆地存在很合乎逻辑：只有这样，地球的这一面同另一面才和谐。我们这里耸立着曾经毁掉大西洋岛的火山，还有特内里费活火山，以及奥弗涅、莱茵、赫里福德等地区的死火山。这些火山连在一起，同安的列斯群岛火山和美洲火山遥相呼应。

从分布在印度和安的列斯群岛、古巴海、爪哇海的这些活火山和死火山，流出两条热水巨河，成为温暖北方海域，可以称作地球的两大动脉。两条暖流侧面或下方，还有相应逆流：来自北方的逆流送去冷水，补充流失的热水，维持海水的平衡。暖流水极咸，冷流则予以调解，大量淡得多的海水回流到赤道，到这巨大的电炉里加热加咸。

暖流起初相当窄，只有二十几法里宽，长时间保持凶猛的气势和强大的同一性，后来才逐渐分散，减温，扩展，宽至上千法里了。莫里认为，从安的列斯群岛出发的暖流，向北朝我们推进，能调换和改变大西洋的四分之一水量。

海洋生命的这些重大特点，都是近年观察到的，其实和大陆本身同样明显。我们的大动脉大西洋，它的姊妹印度洋大动脉，两者以其颜色不同而泾渭分明。两边都同样洁身自好。一股蓝色巨流，从绿水上通过，特别特别蓝，是一种极深的靛青色，因而日本人把流经他们领域的潮流称为：黑河。

可以清楚地看到，我们的潮流从古巴和弗罗里达州之间涌现，从它的锅炉——墨西哥湾沸腾着涌出。又热又咸的水流，

水圈、火圈——河流与大海

山海经 SHAN HAI JING

---

① 大西洋岛：大西洋中假设存在的岛屿，久已沉没，从柏拉图始，历代不少人记述其传说。

在两道绿墙之间非常明显。大洋白费心机，怎么挤压它也无法渗透。我不知道蓝水流内在浓度有多高，分子引力有多大，得以聚而不散，宁可聚拢而形成脊背，也不愿接纳绿水：一道拱梁，比大洋水位高，左右都是斜坡，任何物品投上去，都要滑落冲开。

　　这股潮流，速度又快又强劲，先是沿着美国东海岸向北奔驰，到达纽芬兰岛①大白沙洲的尖角，右翼向东推进，左翼则成为海下暗流，顺势去安慰北极，在那里开创温海（我是指不结冰），也是近年发现的。至于右翼，则扩得极宽，力量减弱，已经疲惫了；终于到达欧洲，在纽芬兰第一次分流后，遇到爱尔兰和英格兰再次分流，气力因而衰竭，融入这片海域，不过还稍微温暖一点挪威，还设法给冰岛带去美洲的树林：须知那可怜的冰雪之岛，如无树林覆盖，在它的火山下就会死去。

　　印度洋暖流和美洲暖流，有这样一个共同点：它们都从赤道、地球的电炉出发，携带着无比强大的创造力和活力。此外，它们都像幽深的子宫，孕育着生物世界，成为生物温暖而舒适的摇篮。而且，它们还是暴风雨的中心和运载工具：大风、龙卷风就乘坐在上面旅行。无限温柔，又无比凶暴，这不是矛盾吗？不然，这仅仅证明，愤怒只惊扰了外面，很浅的表层，而深处却毫无感觉。那些最弱小的生物：贝类微粒、显微镜下才能看到的水母、动辄就分解的流动生物，恰好借助潮流，在风暴下面安安稳稳地航行。

　　那些生物极少抵达我们法国海岸，只能到纽芬兰，遇到北极的寒流，卷进去就被杀死了。纽芬兰无非是这些冻死的旅行者的大葬场。最轻微的生物虽然死了，但仍旧悬浮在水中，不过最终还像下雪那样，纷纷沉入大洋深底，从爱尔兰到美洲，海底全是微生贝类铺成的沙洲。

---

　　①　纽芬兰：属加拿大，距加拿大东海岸不远。

莫里①把这两条热流：印度流和美洲流，称为"海洋的两条银河"。

两条热流温度、颜色、方向都相类似，划出同样的弧线，然而命运却不相同。美洲流首先进入北方敞开的严酷的海洋，大西洋派出北极浮冰大军相对抗，消耗其热量。反之，印度流先是在岛屿之间穿行，到达封闭而防守甚佳的北海。它长时间保持原样，还是带电、富有创造力的热流，在地球上划出一长条生命的宽带。

印度流的中心就是地能的顶点，孕育植物的宝藏、香料，孕育巨兽和鱼类。分出的支流有的向南，引出另一个世界，珊瑚海世界。那里的空间，莫里说，"大如四个大陆"，珊瑚虫兢兢业业，建造数千座岛屿、许多沙洲和暗礁，逐渐将这片海洋切碎。这些暗礁今天很危险，被航海者诅咒；但是它们在升高，天长日久会连起来，形成一个大陆，天晓得在一场大灾大难中，会不会成为人类的避难所呢？

---

① 莫里（1806—1873）：美国海军军官，最早的水文学家、海洋学创始人之一。

海洋的脉搏

正如让·雷诺在《百科全书》出色的条目中所写的，我们的大地并不孤单。它划出的无比复杂的运行弧线，显示出力量；而作用于它的各种影响，也证明它同天体的伟大人民的关系和交往。

地球同它的头领太阳，以及月亮的等级关系，就尤为明显，而月亮作为它的仆人，对它影响只能更大。地球上的鲜花都朝太阳盛开，同样，这个花坛也望着太阳，仰太阳的鼻息。地球上更易变化的、流动的部分，还冲起来，表示感受到了太阳的引力。海水还漫溢出自身，尽量升高，每天两次拱起胸脯，至少向那些星体朋友发出一声叹息。

难道地球只受月亮和太阳的控制，感受不到其他星球的引力吗？所有学者都这样讲，所有航海的人都相信是这样。坐地观天，总固守不完全的经验。谬误千里，导致海难。在圣马洛①浅滩，估计水深差错十八尺。就因为这种错误，1839 年，夏扎龙的船险些失事，幸好及时发现并开始计算次波涛；不过，次波涛多极了，还受各种影响，不断改变潮汐。其他一些星球，固然没有太阳和月亮那种支配力，但是对地球上海洋的波动，无疑也起一定作用。

依据什么法则？夏扎龙说："海潮波进入一个港口，要遵

---

① 法国西部布列塔尼地区北部港口城市。

循振动弦的法则。"这个字眼儿非同小可，意义重大，引导我们明白星体之间的关系，正如古人所讲，是天体音乐的数学关系。

地球用大潮和局部潮，对姊妹星球讲话。那些星球回答吗？想必会的。它们对地球的冲动有所感应，流动的元素也必然隆起。相互吸引，每个星球都要走出自己的小圈子，这种倾向就会在天体中建立起超凡的对话。只可惜，人的耳朵根本听不见。

还有一点值得重视。并不是在有影响星球经过时，海洋才受其牵制。海洋也不是那么唯唯诺诺，需要时间感受，再随同振动。海洋还必须呼唤懒惰的海水，战胜其惰性，吸引并拖来最遥远的海水。地球自转速度快得惊人，不断地移动承受引力的各个点。还应当补充一个情况，波涛大军在整体运动中，要碰到各种各样的天然障碍，诸如岛屿、岬角、海峡、极不规则的海岸，还有不可低估的风阻力、不同的潮流，还有陆上河流的争锋；由于积雪的融化和无数种意外情况，那些江河从山上跌落，沿陡坡而流速湍急，斜刺里冲进大海，从而改变正在激烈搏斗的潮流运动。大洋并不退让。大江大河的有力冲击，吓不退潮流。冲过来的江河之水，海潮便挡住去路，使之积聚，滚动而涌起高山，直逼鲁昂，直逼波尔多，其势极为凶猛，就仿佛要把江河之水重新推上山去。

如此众多的障碍，给海潮制造了不规则的表象，令人吃惊而迷惑。最出人意料的，莫过于潮水进入相邻港口的时间矛盾。例如，勒阿弗尔一次海潮的时间，就等于迪耶普的两次（据夏扎龙、博德等）。能计算如此复杂的现象，这是人类天资的光荣。

海洋外表运动下面，内里还有别的运动，在某一深度有横穿的水流，在重叠的不同层深，暖流和寒流各自逆向流淌，联

袂执行海水循环，交换淡水与咸水，从而维持海洋的"搏动"。暖流"冲击"北极圈，寒流则"冲击"赤道。

这些水流相当分明，不大掺混，从严格意义上，能像有时讲脉管那样，比作高级动物的动脉和静脉吗？严格意义上讲当然不行。不过，它们有点类似自然科学家近来在低级生物身上，如软体动物、环节动物身上发现的不大确定的血液循环。这种腔隙循环替代并准备"脉管"循环。血液在做成明确的渠道之前，在流动中就扩散了。

海洋就是这种状态，好似一只巨兽，肌体到这初级阶段就停止发育了。

是谁揭示了潮流，我们从未下去的海洋这种有规律的波动呢？是谁教会我们黑暗深层的水文地理呢？正是在那里生活，或者漂浮经过那里的一些动物、一些植物。

我们将明白鲸鱼、贝类粒子（有孔虫类）一直被带到冰岛的美洲树林，是如何竞相揭示从安的列斯群岛流向欧洲的暖流，以及到纽芬兰与之会合，从旁边或下面交错而过的寒流，会合时冰块融化而形成漫天大雾。

由微小动物组成的红云，被风暴从奥里诺科河①刮到欧洲，就说明了由南往西的大气流，将科迪勒拉斯山脉的雨送到我们欧洲。

如无深海水流不断地更换海水，那么海洋一些地方就会堆满盐和垃圾。海洋也因而会像死海那样，既不流出，也不流动，岸边全成盐岸，植物全挂满这种晶体。风只要从死海上刮过，就会变得灼热、干燥，所到之处便带去饥馑和死亡。

渔夫、海员对气流和水流，对四季、风、暴、风雨有过无数的观察，但是杂乱分散，都停留在传统中，存留在他们的记

---

① 奥里诺科河：拉丁美洲的河流。

忆里，往往随同他们丧失，随同他们死去。航行指南——"气象学"，没有集中，似乎没用，结果被人否定。杰出的比奥先生就严厉地清算气象学作用之微薄。这期间，欧洲和美洲两岸一些坚定不移的人，以观察为基础，创建了这门被否认的科学。

最后一位，也是最著名的，美国人莫里，勇敢地做了能让一个行政机构望而却步的事情：清理不知有多少的"航海日志"；船长带回来的这些不成形的材料，往往还残缺不全。这些摘要，全是在事发现场记录的突出的相关情况，能总结出一些规律、一些概括性的东西。在布鲁塞尔召开的世界海员代表大会决定，此后认真写的观察记录都要存到同一地点：华盛顿观象台。

这是欧洲向年轻的美洲，向具有耐性和慧心的莫里表示的崇高敬意。莫里这个博学的海洋诗人，不但总结出了规律，还做出更大的业绩：他以心灵的力量和对科学的热爱，并且以其研究成果的实效征服了世界。他绘制的地图和处女作，印了十五万册，以美国的名义赠给各国的海员。法国和荷兰的许多杰出人士，如让桑、特里科、朱利安、马尔戈莱、苏尔切尔等等，都成为这位海洋使徒阐释者，极有说服力的传道士。

在这个领域，为什么美国比我们做得更多呢？美国，就是渴望。美国年轻，强烈地渴望与世界建立关系。它在那美丽富饶的大陆，在那么多国家中间，还是感到孤单。它离母亲欧洲十分遥远，望着这人类文明的中心，就像地球仰望太阳，而且一切让它接近那盏大明灯的东西，都会令它激动。连接两岸的海底电报线一旦开通，那里欢欣鼓舞，热烈庆祝，从那种特别令人感动的场面就能判断出来，只因两个大陆每分钟都能对话，思想就会一致了！

莫里以真正的天才见解，向我们说明了大气和海水的和谐。海洋如此，空气的海洋亦然。大气循环运动，不断调换，

海

山海经 SHAN HAI JING

海洋的脉搏

同海洋的循环运动是一样的。大气向世界分配热量,制造干旱或者潮湿。潮湿就取自海洋:无边无际的中心大洋,尤其是热带,就是世界大锅炉的巨型沸腾器。反之,大气流经过酷热的沙漠、大陆、冰川(地球真正极地中间带),最后一滴雨都被抽干。赤道加热和极地冷却,水蒸气的浓淡轮番交替,便形成横向的气流和反气流,循环往复。在赤道线,炎热使水蒸气变轻而升空,形成自下而上的气流。水蒸气在分发送走之前,就飘浮在半空,蓄积在那昏黑的层带(我们前面讲过),围住地球形成乌云环。

这就是潮汐脉搏之外,海洋和大气的搏动。潮汐搏动则是外在的,由其他星球施加给我们地球。然而,大气流和海洋流却是大地内在的,是大地本身的生命。

依我看,莫里的著作中天才的见解,是说出这样一点:"海洋流动循环最表面的动力,炎热,还是不够的。另外还有一种动力,也同样重要,甚至更重要,那就是盐。"

海里的盐十分丰富,如果集中到美洲大陆,就会堆起四千五百尺的高山,将大陆覆盖。

海水的咸度变化不大,根据不同地域、水流,临近赤道或两极而增加或降低。海水含盐浓度降低或者重又增加,从而变轻或者变重,也就多少动起来。含盐量这样不断掺混变化,就推动水流多少加快一些,也就是说"制造了水流"——海内部是"横向"水流——从水的海洋到空气的海洋则是"纵向"水流。

一位法国人,拉尔蒂格先生,从莫里的地理学(《海洋年鉴》)中,拣出不少缺陷和不确切的地方。不过,美国作者早有所料,<u>丝毫也不掩饰他如何看待这门学科的不完整性</u>。他声明有些方面仅仅提出假设。有时,他明显不敢肯定,陷入遐思,表现出不安情绪。他的书实在而坦诚,很容易让人发现两种思想在他内心展开的搏斗：《圣经》的文学性，将海洋当做由上帝一下就创造出来的东西，是上帝手掌下运转的一种机械；而另一方面，现代感，大自然感应，认为海洋是活的，有生命力，几乎是一个人，有一颗热爱世界的灵魂，还不停地进行创造。

有意思的是，读者能在这本书中看到，作者沿着难以战胜的斜坡，逐渐靠近了这后一种观点。他首先尽其所能，从机械角度、物理角度（地心引力、温度、含盐浓度等），解释这种观点。但是这还不够。在某些情况下，他加上分子的吸力、磁作用。这还是不够。于是，他就果断地求助于支配生命的生理法则。他赋予海洋以脉搏、动脉，甚至一颗心脏。这种形式难道仅仅是风格，是比喻吗？绝非如此。他具有（这正是他的天赋），他内心具有一种强烈的、无法抑制的感觉，认为海洋有人格。

这就是他的力量的秘密，也正是这一点令人欣喜。在他之前，多少海员在海上拖曳，都把海洋看做一种事物。大家又都跟随他，把海洋视为一个人了，他们在海上都感到，这是他们崇爱的、又想驯服的一个凶暴而可怕的情妇。

他热爱，他爱大海。不过，另一方面，他还时时克制自己，适可而止，惟恐越过他画地为牢的界限。他也像斯瓦姆默丹[①]、博内，以及许多有一颗宗教心灵的杰出学者那样，害怕过分从自然本身来解释自然，会亵渎上帝。不大理智的胆怯，殊不知越是到处指认生命，就越能让人感到那颗伟大的灵魂，万物的令人赞叹的一致性，而万物正是借此而产生，而创造繁衍。如果有人发现，大海一直向往有机的生存状态，成为永恒渴望的最强有力的形式，那又有什么危险呢？须知当初，正是永恒渴望召唤这个地球，并且通过地球生育。

---

① 斯瓦姆默丹（1637—1680）：荷兰博物学家，被认为是在古典显微镜研究中观察最精确的学者，他首先发现并描述红细胞。

山海经 SHAN HAI JING

海洋的脉搏

这片咸海犹如血液，有血液循环，也有脉搏和心脏（莫里如此称呼赤道），在那里交换两种血液，一个存在物有这一切，能肯定它就是一件物，一个无机体吗？

这是一个座钟、一台大蒸汽机，模仿有生命的力量运动能以假乱真。难道这是大自然的一种游戏？抑或还应相信，这庞然大物中掺有动物性的成分吧？

莫里提出一个巨大的事实，是从侧面附带提出来的，就是海洋的无限生命力，海中数以兆亿计的生物生生死死，吸收生命的奶汁，掺混海水的泡沫，减少海中的盐分，用来生成贝壳，等等。那些生物的生存过程，吸取了盐分，就使海水变轻，因而能够流动了。像印度洋、珊瑚海，都是动物结构的强大实验室，这种力量在别处略微逊色，但显示其无比广阔。

"这些极其细微的生物，"莫里说道，"每一种都在改变大洋的平衡；它们起着补偿作用，维持海洋的和谐。"——这样讲够了吗？难道它们不是海洋的主要动力，制造了巨大的水流，推动这台机器运转吗？谁晓得海中生物的这种大循环①，就不是物质的整个循环的开端呢？已经动物质化的海洋，就不能永恒地推动可以动物质化的海洋呢？尚未有机化，而又但求如此的海洋，将来就不能孕育生命？

———————————

① "循环"一词原文为拉丁文。

风　暴

　　"海洋时常震荡，目的似乎要确认自己劳作的阶段。这种现象可以视为海洋的痉挛。"（莫里语）

　　他主要指仿佛始自海下的突发运动，如果发生在亚洲的海洋里，就跟真正的风暴相差无几了。他指出起因多种多样：1. 两大潮水、两股水流猛烈相撞；2. 海面上的雨水突然猛增；3. 冰层断裂并快速融化，等等。还有人补充一些假设：雷电作用；海底火山爆发。

　　不过，海底和大部分海水，很可能相对平静。如若不然，海洋就不能完成母亲和生物奶母的职能。莫里在什么地方，还称海洋为宏大的哺乳室。比陆地的生物更脆弱、更容易夭折的一个生物世界，以海水为奶汁和摇篮。这让人想到，海洋内部十分温馨，从而相信那种猛烈的震荡只是局部的。

　　从天性来讲，海洋一般是有规律性的，顺从周期性的、一律的大运动。风暴是海洋阵发猛烈震荡，由风、雷电，或者某种骤然过量蒸发所引起的。这种偶然变故发生在海面上，丝毫也不能表露海洋真正的、神秘的个性。

　　判断一下人发烧时的体温吧，简直不可思议。再想一想海洋，这些短时的、外在的运动，似乎只影响几百尺深的水层，这不是更加不可思议吗？

　　深海处，无不继续稳定而完全均衡的生活，沉静而繁衍力旺盛的生活，完全用来生育。这些小小的动荡只是发生在上

面，海洋几乎没有觉察。大群大群的孩子（不管别人怎么说），还是生活在平静黑夜的深处，每年顶多浮上水面一次，见见阳光，而风暴也应当热爱它们的伟大奶母，并且视为和谐的化身。

不管怎样，这些意外变故特别关乎人命，因此他不遗余力，密切观察。这对他并非易事。他保持不住冷静的态度。最严肃的描述，也只是表明泛泛的一般特点，缺乏每场风暴所独具的特色，缺乏每场风暴成因的那些无法了解、也不可能理清的千百种意外情况。站在岸边观望的人，处境安全，不用顾虑危险，当然看得更清楚。然而，他能像置身飓风的中心，享有可怕的全景的人那样，作出整体的判断吗？

我们这些生活在陆地的人，应当敬重那些航海家，高度重视他们证明的事实，重视他们的亲眼所见和亲身遭遇。然而，有些坐在书斋的学者，怀疑海员对我们讲的情况，例如关于海浪的高度，我觉得他们这种态度太轻率，见解实在差劲。他们还嘲笑那些说浪高达百尺的航海家。一些工程师也认为能够测量风暴，精确地计算浪高，一般超不过二十尺。一位杰出的观察家则恰恰相反，他肯定地告诉我们，在岸上安全地点，非常清楚看见浪涛重叠，要高于巴黎圣母院的钟楼，甚至高于蒙马特尔高地。

显而易见，大家谈论的是不同的事情，因而彼此矛盾。如果谈的是风暴场地，浪涛的基层，如果讲的是成线滚动的长长的排浪，在狂怒中还保持几分规则，那么，工程师的报告是准确的。浪涛起伏，变圆的浪峰和波谷交替变换，冲起来的浪高顶多不过二十至二十五尺。然而，浪涛方向不一，相阻冲撞，涌起的浪高非同一般。浪涛相撞，上冲的力量无比巨大，跌落下来的重力也令人难以置信，能砸毁、压沉、击碎大船。海水比什么都沉重。海员所讲的是这种搏击而冲起的激浪，这种可怖的拱顶，究竟有多高，根本无法计算。

有一天，还不是风暴，但有预兆，大洋激动起来，撒欢似的掀起狂浪，我安安稳稳地坐在约八十尺高的美丽岬角上，观赏大洋拉开一公里长的冲锋线，冲击我这岩岸，就像赛马似的催促着长浪，凶猛的浪脊卷扬飞腾。大浪勇猛地拍击，动摇岬角，只听我脚下雷声滚滚。可是，这种节奏猛然打破了。不知怎么从西面来了一道大浪，横插进来，一头撞上从南面正常涌来的巨浪。这一冲撞，突然太阳都给我遮挡住了；我在如此高的岬角上，劈面而来的不是浪花飞沫，而是黑乎乎的一片恶浪，猛地蹿起，又重重落下，将我裹住，把我浇成落汤鸡。我真希望那些院士先生、那些工程师先生都在场：他们不是极为精确地测量过大洋的激浪嘛。

不应当坐在家里，轻率地质疑那么多人见证的真实性，须知他们坚忍不拔，在惊涛骇浪中磨炼出来，看见死亡乃是家常便饭，怎么会出于可笑的虚荣心，去夸大他们经历的危险呢！同样，也不应当拿着那些普通航海者从容记述的文字，去反对大胆的发现者往往激动描绘的景象：他们率先察看，测定并描绘礁岩、暗礁，而且靠近仔细观察，研究其危险；反之，普通的航海者走的则是熟悉的大航路，普通海员在海上行驶，也都极力避开那种危险区域。库克①们、佩龙们、杜尔维尔们，以及其他研究者，在海上实实在在冒着极大的危险，前往当时鲜有人至的珊瑚海、澳大利亚海等，不得不直接面对不断变化的沙洲、狭路相逢并在海中激烈搏斗的水流。

"即使没有风暴，船径直顺着风向行驶，一个浪头从侧面打来，船体就会剧烈横摇，吊钟会自动敲响；如果横摇太剧烈，持续时间又长，难以控制，船就会出问题，乃至解体并

山海经 SHA 4 HAI JI1G

风暴

---

① 即詹姆斯·库克（1728—1779），英国海军上校和航海家，太平洋和南极海洋的探险家。他在探索新地、航海、测绘海图和航海卫生方面都卓有成就。经他测绘而改变的世界地图比历史上任何人都多。

毁掉。

　　"在安的列斯群岛暗礁的亚速尔群岛，"杜尔维尔还说道，"浪涛高达八十尺、一百尺。我从未见过浪涛如此凶猛的大海。幸而只是浪尖打到我们船上；如果整个大浪压下来，我们的舰只势必沉没……在这场可怕的战斗中；这条船停在原地不动，不知该听从谁的指挥。在甲板上的海员，有时就没入水中。可怖的混沌状态，在黑夜里持续了四个多小时……好像有一个世纪，头发都熬白了！……这就是在南半球的风暴，极其可怕，甚至在陆地上的动物有了预感，都会惊恐万状，事先就躲进洞里。"

　　这些描述，不管如何准确，如何有趣，我也不能在此抄录了，更不能大胆去想象，去整理我没有见到的事物。我只是略谈两句我观察到的风暴。我相信，我至少抓住了大西洋和地中海风暴的不同特点。

　　我在距热那亚西法里远的内尔维，最美丽又最避风的海滨，逗留了长达半年之久，也只经历了一场小风暴：这场任性的风暴持续时间很短，但是在短时间里就肆虐，显得特别疯狂。我在窗口看不清楚，就干脆出门，沿着高楼之间弯弯曲曲的小街巷，冒险走向海边，不是去海滩，那里根本没有，而是上黑色火山岩岸的一处突出部分；小径极窄，不多地段不足三尺宽，时而上坡，时而下坡，往往俯临大海，高踞三十尺，有时四十尺，乃至六十尺。在突岩上也看不太远，旋风不断，拉成了幕布，看不见什么东西：视线极其有限，所见也极为可怖。这一带岩岸陡峭，崎岖不平，棱角分明，有许多突出的尖角和峰棱、意外的硬皱和凹陷，逼使风暴腾挪蹿跳，做出难以想象的努力，仿佛受各种酷刑。风暴尖厉地呼啸，吐着白沫，对着将它无情击碎的熔岩的凶残，似乎不住地狞笑。这是毫无理智、荒唐的喧闹，嘈杂而破碎；这是胡劈乱打的雷声、尖厉的呼哨，就像蒸汽机发出来的，让人不得不捂住耳朵。这种景象把所有感官都搅麻木了，我头昏眼花，还想尽量振作起来，紧紧靠住凹进去的石壁，以免被狂风卷走，这样我才弄清楚一点这种烦嚣。猛烈而短促的是波浪：在这奇特的海岸，进行一场生死搏斗，残酷的岩角处处点中风暴，断然地切割并撕裂浪涛。突岩下方，各处都淹没在雷声大作的深渊里。

炫目的浪涛飞雪抽打着黝黑的熔岩，形成恶魔般的反差，既伤眼睛，又伤耳朵。

大海给我总体的感觉，作起怪来，还不如大地那么恐怖。在大洋上情况则相反。

1859年10月的风暴

·······················

　　我看得最清楚的风暴，还是 1859 年 10 月 24 日至 25 日，在西海岸肆虐的那场风暴，而且到 10 月 28 日星期五又变本加厉，卷土重来，一直持续到 29 日、30 日和 31 日，总共六天六夜，不知疲倦，毫不松懈，只有短暂的间歇。我们整个西海岸一片狼藉，尽是遇难船只的残骸。风暴的前后，气压剧烈变化；电报线路不是被摧毁，就是严重损坏，通讯中断了。风暴的前两年，气温很高。这场风暴之后，天气变得寒冷而多雨。1860 年整个一年直到我写这段文字的日子，持续大涝，总刮西南风，似乎要将大西洋和南大洋的雨量全下到我们这里。

　　我是在一个温馨而静谧的地方，观察这场风暴，而当地十分恬静的特点，也绝难让人料到。这个圣乔治小港口，坐落在吉伦特河入海口，离鲁瓦扬不远。我在圣乔治已经呆了五个月，生活特别安静，得以凝神思索，叩问内心，寻求一个问题的答案：那个问题十分微妙，又十分重要，1859 年我一直在探讨。这地点这部书都来参与，使我的回忆非常惬意。这部书我能在别处写出来吗？我不知道。可以肯定的是，当地乡野的芬芳、朴实无华的温馨、欧石楠施放的爽神的苦涩味道、荒原的野花香草、沙丘的野花香草，都为本书贡献很大，都会永远留在书中。

　　当地居民同自然环境非常契合。毫无低俗之气，也无半点粗野之风。农夫都老实厚道，民风淳朴。海员担任领港之职，是新教派的一个小族群，逃脱了宗教的迫害。可谓原始初民的一种诚实（这村镇还没有发明门锁）。没有一点喧闹。海员身上有一种罕见的谦虚，接人待物的那种谨慎和有分寸，就是在最高阶层人士身上也不是总能见到。我在当地很受待见，也很受欢迎，但还是有工作所必需的清静。我对这些人和他们所冒的危险，也是格外关注。我虽然不同他们谈话，每天目送他们勇敢地去做事，总要祝愿他们平安。我担心天气，观察航道时，心里经常考虑，大海长时间风平浪静，会不会来个大反复呢。

这个危险之地丝毫也不凄凉。每天早晨，我站在窗口，都望见被曙光微微染成粉红色的白帆，以及大批等待出港风向的商船。在这个地段，吉伦特河水面宽不下三法里，一副美洲大河的壮丽气派，又有波尔多的那种欢快。鲁瓦扬是个休闲娱乐的圣地，游客来自加斯科涅地区的各个地方。这里的小海湾和圣乔治的小海湾，有天然赏心悦目的景观：鼠海豚冒险捕食，游进河中，一直来到沐浴的游人之间，它们嬉戏撒欢蹿出水面五六尺高。它们似乎完全了解，这地方无人捕鱼，这里是个大战场，时刻都要准备引导并救助商船，谁也不会临海垂涎鼠海豚油。

水中有这种欢快的景象，两岸秀丽而又和谐一致。梅多克丰美的葡萄园，俯瞰圣通日丰收的庄稼，多种的农作物。天空没有那种一成不变的晴朗，不像地中海区域那种有时颇显单调的晴空。这里天空变幻无常。海水和淡水重蒸起云气，形成彩虹，再投映到明镜的水面，点染出淡绿、粉红和青紫的奇异色调。波谲云诡，妙构无穷，又瞬息万变，令人不胜留恋，只见云天闪现怪异的建筑、设计大胆的拱廊、雄伟的大桥，有时还闪现凯旋门、大洋之门。

卢瓦扬和圣乔治的两片半圆形海滩，沙子特别细，最挑剔的人走在上面也会感到极为舒服，在沙丘青翠幼松喜人的清香中，延长散步时间也无疲倦之感。隔开两片海滩的美丽岬角，

山海经 SHA4 HAI JI4G

1859 年10月的风暴

以及里侧的荒原，甚至从远处送来有益健康的芳香。笼罩沙丘的芳泽有几分医药效用，正是不凋花①微甜的气味，似乎饱含着全部阳光和沙子的灼热。荒原上苦涩植物②鲜花盛开，菲菲的魅力沁人心脾，能够让人心旷神怡。那是百里香和欧百里香，那是发情的牛至，那是我们父辈为其特效而祝福的鼠尾草。辛辣的薄荷，尤其野生香石竹，飘逸着极致的幽香，类似东方③的香料。

我觉得在这里的荒原，鸟儿鸣唱比别处更悦耳。我再也没有遇到一只云雀，像我 7 月聆听的那只，在瓦利埃尔岬角上空鸣啭。那云雀携带鲜花的信息飞升，全身披着大洋落日的金色霞光。它的歌声从极高的空中飘落（它可能在上千尺的高空），虽然十分高亢，听来还是那么谦和而温柔。它那乡野而崇高的歌，显然是唱给鸟窝，唱给普通的田野，唱给望着它的那些小云雀，就好像用和谐之声阐释这灿烂的太阳、这片光辉，而它，盘旋在光辉中，也并不目无下尘，只是鼓励小云雀说："飞上来吧，我的孩子们！"

歌声与芳香、温和的空气和美丽的河水冲淡的海，这一切组成了一种乐趣无穷的和谐，而且又不张扬。我看这里的月亮非常皎洁，光芒并不耀眼，这里星星很清晰，但又不大煌煌闪烁。完全人性化的可心气候，本可以令人情意缠绵，只是不知掺杂了什么成分，促使人思考并远离幻想，将人拉回到理性思维！

是何缘故？难道是因为流沙、不断变动的沙丘、饱含化石并纷纷坠落的石灰岩，警示人宇宙万物变幻不定吗？难道是新教所受的迫害，丝毫也没有从记忆中抹去，还在默默地回忆吗？还有，而且作用还要大，航道的庄严氛围，频频发生的海

---

① 不凋花植物，指蜡菊、灰毛菊等。

② 苦涩植物，指欧石楠等。

③ 东方：法国之学作品，尤其十九世纪以前的作品中，东方主要指西亚一带，今称中东、中近东。

难，又濒临一片可怕的大海，就让内心变得肃穆起来。

在这庄严的地点，发生一件大秘事，一个协定，一桩婚姻，而且比任何国王婚姻都远为重要。诚然，夫妇本不相配，是基于利益关系的婚姻。西南之水夫人，这位可爱而至尊的吉伦特河，由塔恩河与多尔多涅河簇拥着，又由她那些暴躁的兄弟，比利牛斯山脉的激流推动，投进她那伟岸的丈夫，年迈大洋的怀抱。然而，大洋在此处，比在任何地方都更冷酷，更可恶。先是夏朗德①凄凉的泥坝，接着是绵延五十法里的沙岸，将大洋拖住，他的情绪就很糟，满腔怒火既然不能撒向巴约和圣让－德吕兹②，就冲击可怜的吉伦特。吉伦特河出海，不像塞纳河那样受多方保护，而是迎面径直跌进无边无际的大洋中，往往受到阻遏，被逼得后退，左冲右突，有时还隐蔽起来，进入圣通日的沼泽，一直到梅多克的葡萄园下面，将河水的精神，朴实而清冷的品质传给这里的葡萄酒。

现在想象一下，那些丈夫有的相当大胆，挺身投入这场大战斗，登上小艇，面对各种打击，去接那些不敢冒险入港、在河口等候的胆怯的商船。这就是领港员的生活，很平凡，但是会讲述，又有多么不同凡响。

掌管海难的这位老国王，积聚了多少沉没的财富的这个老古董，绝不会感激这些来同他争夺猎物的冒失者，这也是不难理解的。他很狡猾，又很阴险，虽说有时随他们做去，但是经常伤着他们，报复一下，淹死一名领港员，比打沉两艘货船还高兴。

不过有一段时间，谁也没提起有伤亡事故。1859 年夏季非常炎热，这一海域没有发生什么灾难，只是 6 月份撞坏了一只小船。然而，我说不清有种什么骚动，预示会有灾难降临。9

---

① 指海滨夏朗德省：位于大西洋海岸，吉伦特河口北侧，与河口南侧的吉伦特省毗邻。

② 巴约和圣让－德吕兹：法国大西洋海岸南端城市，属大西洋比利牛斯省。

月来了，接着便到 10 月份。游客中的上流人士，只想看大海的笑容，已经纷纷离开。我的书尚未写完，便留下来，还有一层原因：这种过渡的季节有奇特的吸引力。

大家注意到风变了，有些怪异，不是常见的。例如，刮起燥热的东风，从始终静谧的方向传来暴风雨的气息。夜晚有时很热（9 月份比 8 月份温度还高），令人失眠，烦躁不安；心跳得厉害，无来由就冲动起来，情绪变化无常。

有一天，我们坐在小松树林里，这里小树被风吹打，不过也多少受沙丘的保护；我们听见一个童声，特别清亮而尖厉，纤细并极富纯钢的音色。然而，那是个小女孩，年龄很小，一脸严肃。她随母亲经过这里，竭尽全力唱着一首老歌。我们请她母女坐下，让她从头至尾唱一遍。

这首乡村小曲出色地表达了当地的两种精神。圣通日省①是农业区，喜爱家园。这不同于巴斯克人，他们有冒险精神。不过，这地方人尽管定居，却与海打起交道，投身容易出事的行业。为什么？请看传说的解释：

一位国王的美丽女儿，像《奥德赛》中的瑙西卡②那样，在海边洗衣服嬉戏，戒指失落到水中；海岸的儿子跳下海寻找，结果淹死了。公主泪如泉涌，最后化为海岸的迷迭香，味儿特别苦，香气却特别馥郁。

这首溺水身亡的歌谣，在这样危象的天气，在风雨欲来沙沙作响的树林中唱起来，令我心动，使我神迷，也更加强了我内心的预感。

我每次去鲁瓦扬，在短短几小时的路程，很可能遇到暴风

---

① 圣通日省：法国旧省名称，在今海滨夏朗德省南部。

② 瑙西卡：希腊神话传说中人物，准阿喀亚的公主。荷马史诗《奥德赛》中讲述，奥德修斯在特洛伊战争结束后归国途中，船沉落水，被冲到岸边昏迷过去，瑙西卡和女伴用歌声将他唤醒，带他去见父王。国王听奥德修斯讲了经历，便提船和水手帮他回国。

雨，却没有躲避的地方。暴风雨一来，铺天盖地压向我，压向我穿越的圣乔治葡萄园，以及我首先攀登的岬角荒原。我走在鲁瓦扬的半圆形大海滩上，风雨就更加疯狂。即使进入10月份，荒原上还是一片野花香，有时我倒觉得比哪个季节都更沁人心脾。海滩还很平静，清风拂面，我感到柔和而温暖。就是大海也显得那么温柔，来舔我的双脚，这种轻抚未免可疑，我不会受其迷惑，足以觉察出风和海正在酝酿什么。

　　一连几天夜晚十分晴好，这天夜里忽然狂风大作，这正是序幕。大风又陆续刮了好几场，尤其26日这天。不过，到了夜晚，我还没有怀疑会有什么大灾难降临。当地的海员都出海了。秋分时节，天气危机四伏，长时间变幻不定，起初大家还有点思想准备，以为会变天，可是事情拖下来，职责和行业不能撂下，于是他们不顾天气，冒着突来暴风雨的危险出海。这情景给我留下极深的印象。我心中不禁思忖："又要有人遇难了。"

　　这种担心再现实不过了。

　　尽管风急浪高，还是有一条领港小艇驶出，要去搭救在航道遇险的商船，不料一个不幸者被抛出小艇，而小艇自身难保，绝不可能再将那人打捞上来。他留下三个孩子和一个怀孕的妻子。令人特别惋惜的是，他是个出色的男人，基于海员们常有的高尚的爱心，刚好娶了一个丧失劳动能力的姑娘，只因她出了意外而断了几根手指。这下子可就惨了：她既残废，又怀了孕，现在又成了寡妇。

　　有人为她募捐，我赶去鲁瓦扬，也捐了一点钱。我遇见的一名领港员，怀着极大的悲痛讲起这次事故："我们干的这行就是这样；海上气候恶劣时，我们更得出海。"海事警务官手上拿着花名册，上面登记了在世和死去的海员，他比谁都更了解这些家庭的命运，他那神情看来既伤悲，又惴惴不安。大家都明显感到，这仅仅是开端。

　　回程我又走在海滩上，这段路相当长，我便从容地观察，

山海经 SHA HAI JIG
1859年10月的风景

研究一块乌云带，估计有八九法里的范围，将要往四面八方延展。圣通日在我左侧，似乎垂头丧气而又无可奈何地等待。梅多克在我右面，隔着河流，也笼罩在阴沉的寂静中。一大片乌云来自西边大洋上，在我身后升起。不过，在我前面，从波尔多刮来的大地的罡风，还在同那片乌云对抗。大风冲下来，就好像顺势推涌吉伦特这条激荡的大河，可望推开大洋拉起的阴森的幕布。

我正自犹豫，还回头眺望，观察科尔杜昂岛①，恍若看见那礁石披上一层奇幻的惨白色。那灯塔好似幽灵，在那里呼号："灾难啊！灾难！"

我更好地估计一下天气形势，清楚地看到陆地的风不仅败下阵来，而且还充当了敌营的帮凶，它贴着吉伦特河面劲吹，冲破并扫荡了下面的所有障碍，为大洋方向高空刮来的乌云铲平了下方的道路；它好像成为一条滑道，乌云从上面滑行起飞就快多了。不大工夫，陆地方面一切抵抗都结束了，风完全止息，一切都沉浸到灰烬的灰蒙蒙色调中：障碍全已扫平，上面的狂风便控制了大地。

我走到圣乔治附近的瓦利埃尔葡萄园，只见许多人还在田里，要赶完那些急活，想必他们考虑到恐怕要有一段时间下不了田了。头一阵雨浇下来，大家只好先回屋避一避。

狂风暴雨我见过不少，有关暴风雨的描述，我也读了不下千种，什么情况都在我的意料之中。然而，这场暴风雨却一点迹象也没有，无法料到会持续这么久，会一直这么猛烈，会这么一个劲儿而毫不停歇。只要风雨大一点儿或者小一点儿，停歇片刻，甚或更加猛烈，总之有点变化，人的心灵和感官也好从中找到一点能让人放松、转移注意力的东西，稍微满足一点强烈的求变的渴望。然而这里，六天六夜，连续不断，总是同

---

① 科尔杜昂岛：吉伦特河出海口的一个小岛，建有灯塔。

样的狂风暴雨，既不增加也不减少，在肆虐中毫无变化。根本就没有电闪雷鸣，没有乌云翻滚，没有撕裂大海。整个天宇，一下子就被一项巨大的灰色帐篷罩住，人就像紧紧裹住这块暗淡的土灰色殓尸布，一点光亮也不见了，眼前成了一片熔铅和石膏一船的海洋，一种疯狂的单调，愁惨得让人无法忍受。这片海洋只有一个音符，如同沸腾的大锅炉，一直在呼啸。任何描述恐怖的诗篇，也不如这篇散文这样渲染。永远，永远一个声调：呜！呜！呜！或者呼！呼！呼！

我们就住在海滩，这种场景见得多了，往往置身其中，海水有时就冲到离我们二十步的地点：每个浪头打来，都震动我们的屋宇。我们的窗户都受到（幸而稍偏一点儿）西南狂风的袭击，而狂风携来的不止是激流，而是大洪水；海洋涌起化为雨。从第一天开始，就不得不急急忙忙关上窗板，而且费了好大劲儿，如果在大白天想看见东西，还必须点起蜡烛。朝向田野的敞亮房间，嘈杂声、震动，也十分敏感。我还坚持工作，抱着一种好奇心，看看这种粗野的自然力，究竟能不能压制、阻遏一颗自由的灵魂。我保持思想活跃与自主，一边写作一边自我观察。然而，时间一长，疲倦和缺乏睡眠，就大大伤害我身上的能力，即一位作家最精妙的东西，我认为就是节奏感。文思不畅，我的这根琴弦，首要的一根，意外地断了。

响彻天地的吼叫仅有的变化，就是夹杂着猛烈袭击我们的狂风的怪异声音。这座房舍成为狂风的障碍，成为它千方百计要拔掉的钉子。有时，突然直接打门；有时，又像一只有力的手猛摇窗板，势要给刮掉；有时，声音凄厉，是风钻进烟囱，因为进不来而哀号，还威胁让人开门，终于怒不可遏，拼命要掀掉房顶。不过，所有这些声响，都被呜呜的巨吼遮盖住了。这场暴风雨，范围如此广泛，如此凶猛，又如此可怖！我们感到风成为配角。然而，风的威力在于携雨渗透。我们的房舍（我差点写成我们的船只）进水了。阁楼有几处穿破，雨水如注灌进来。

出了更严重的情况！飓风肆虐，丧心病狂地拔下一扇窗板的合页：这样，窗板虽然关着，但是不停地震动，摇晃，必须固定住，将合页紧紧捆在还牢固的半扇上，为此又得冒险打开窗户。我打开窗户的时候，尽管有窗板遮挡，还是感到落入龙卷风里，震耳欲聋的风吼，如同可怕的大炮响声，就好像大炮不停地在我耳边轰鸣。我从窗板缝隙望见，一种东西在显示不可估算的力量，那就是浪涛，彼此冲突而相撞击，往往拱起来而落不下去，阵风从下面，就像刮羽毛似的，将这庞然大物——沉重的浪涛掀起来，驱赶着落荒而逃。假如我们的窗板被刮飞，窗户洞开，风推浪涌冲进屋里来，如同龙卷风横扫田野那样凶猛，汹涌的浪涛直竖起来，势不可挡，那我们会落到何等地步啊……

我们在陆地上遭遇海难，这种机遇实在奇异。我们的房子靠海特别近，房顶很可能被掀掉，或许掀掉整个一层。村子里一些人有这种担心，他们还对我们讲了每天夜里都想到我们的处境，劝我们离开。可是我们总估计，这次暴风雨持续时间再长，也总有个完的时候，于是我们每次都回答："明天再说吧。"

陆地传来的尽是海难的消息。就在离我们不远的地方，10月30日，一艘从南方海域驶来的船，载着三十名旅客，就在这条航道失事了。那只船躲过了岩石和暗礁，到了平常妇女洗海水浴的细沙小海滩对面，就被一阵旋风卷起来，当然托起很高，又重重地跌落，摔得特别惨重，船体一下子就散架解体了，像一具僵尸躺在那里。船上的人怎么样了？下落不明。据估计，也许他们早已从甲板上一扫而光了。

这个悲惨事件能让人联想到其他事件，所能想到的只能是灾难。然而，海洋仿佛意犹未尽。所有人都到了极限，而大海却不然。我看见那些领港员冒着危险，躲在避西南风的一堵墙后面，忧心忡忡地观察，并且连连摇头。他们还算万幸，这段时间，任何船只都不敢进港，要求救援。否则的话，他们就得去营救，准备献出自己的生命。

　　我也观望大海，毫不厌倦，我观海却满怀仇恨。我没有身处真正的危险境地，对这场灾难就尤为憎恶和哀伤。大海是丑陋的，一副狰狞相，丝毫也不符合诗人描绘的那种虚假的美景。然而，我越感到自己气馁，大海却越显得活跃，形成了奇特的反差。所有这些浪涛，由如此疯狂的运动激发起来，无不意气风发，有了一颗神奇的灵魂。在大海狂怒中，波浪也都有各自的愤怒。总体一致（千真万确，尽管存在矛盾），芸芸众生都着了魔。是我看走了眼，还是头脑疲惫产生的错觉？抑或果真如此吧？浪涛给我的感觉是"众生"恶相，是一群刁民，但并不是人，而是喑喑狂吠的狗，千百万，亿万条恶犬，更确切地说，疯狗……我说什么？疯狗，恶犬？这还不确切。应当是无以名之的可憎的怪物，无眼无耳，只有吐白沫的大口。

　　妖怪，你们要干什么？各处我都听到发生了海难，你们还不满足吗？你们还要什么呢？——"要你死！要全世界都死光了，要大地毁灭，重新回到混沌状态！"

灯 塔

•••••••••••••••••••••••••

　　拉芒什①非常专横，北方大洋的潮水都要灌进它的海峡中。布列塔尼海域十分险恶，崎岖的火山岩岸激起猛烈的浪涛。而加斯科涅海湾，从科尔杜昂岛至比亚里茨②，则是矛盾的海域，谜团一般的搏斗。大海往南，突然变得深不可测，成为吸纳海水的深渊。一位有创意的博物学家，将它比作巨大的漏斗，能陡然吸水。逃脱那里巨大吸力的潮流，能涌起极高的浪涛，我国的海域哪里也比不上。

　　西北的涌浪，是这台机器的发动机。涌浪若是再靠北一些，就可能冲进海湾；冲毁圣让—德吕兹。涌浪若是再偏西一点，那就会让吉伦特河水倒灌。涌浪还给倒霉的科尔杜昂岛戴一顶滔天的浪花帽。

　　对这位可敬的人物，大海的殉道者，人们认识得还不够。我认为在所有灯塔中，科尔杜昂灯塔是欧洲老大。只有一座灯塔可以同它比比老资格，那就是著名的热那亚灯塔。不过，两者相比差别很大。热那亚灯塔建在一座堡垒上，基础是岿然不动的岩石，牢固而安稳，可以笑对四面八方的暴风雨。科尔杜昂灯塔则建在礁岩上，常年在水中沉浮。设计确实非常大胆，建在浪涛中，怎么说呢，是建在汹涌的浪涛中，建在大河湍流

---

　　① 指拉芒什海峡，又称英吉利海峡。
　　② 比亚里茨：法国西南部比利牛斯一大西洋省海滨城市，坐落在加斯科涅海湾。

与大海潮水永远相搏的战场。

这座灯塔时刻受冲击，不是挨风鞭的抽打，就是挨激浪手掌的大耳光，像炮击似的发生雷鸣。这种攻击常年不断。灯塔没有一直建到吉伦特河上，然而这条大河受大陆劲风的推动，又有比利牛斯山脉的湍流相助，有时就冲到灯塔下，攻击这个入海通道的守门官，就好像大洋挡住去路要由它负责似的。

其实这片海域，惟有它这一处指路明灯。由北风推动，错过科尔杜昂灯塔的航海者，就有理由担心了；他还可能错过阿卡雄湾①。这片海域极其可怕，也极其黑暗。夜晚，毫无指路信号，也毫无辨识的航标。

我们在这片海滩居住了六个月，平时观赏的，几乎可以说，我们经常打交道的，就是科尔杜昂灯塔了。我们深深感到大海的守卫者，海峡的日夜守望者这一岗位，已经成为一个人。他挺立在辽阔的西天，显示出上百种不同的风貌。有时，他在一片光辉中，在太阳照耀下英姿勃发；有时，他淡淡的身影，朦朦胧胧，漂浮在雾气中，表示不出一点好兆头。到了夜晚，他突然点亮红灯，射出火红的目光，就像一个勤勤恳恳的视察员，尽职尽责，一丝不苟地监视水域。不管海上出现什么情况，大家总是责怪他。他照亮了暴风雨，经常使人免遭危险，可是有人却把暴风雨这笔账算到他头上。无知者这样对待天才的现象太常见了，总是指控天才揭示的灾祸。我们这些世人并不公正。灯塔如果迟迟未点亮，如果天气变坏，我们就指责他，怒斥他："喂！科尔杜昂，科尔杜昂，你这个白色幽灵，你怎么就善于给我们带来暴风雨？"

然而我相信，在10月的暴风雨中，正是这座灯塔救了我们那三十人。航船摔碎了，但是他们幸免于难。

如能看到自己乘坐的船遇险，在明亮的天光中搁浅，能看

---

① 阿卡雄湾：位于吉伦特省西南部。

清地点、境况，还可能有的自救办法，那就很不错了。"上帝啊，死也要让我们死在白天啊！"

那只船被狂潮从远海席卷来，临近海岸时已是夜晚，它不驶入吉伦特河口，也就只有千分之一的生机。右侧是明亮的格拉夫角，告诉它要避开梅多克；左侧有圣帕莱小灯塔，让它看到圣通日那边大科特危险的礁岩。在照亮中心礁石的这些固定的白灯之间，科尔杜昂塔明亮的红灯，每分钟都指示航道。

那只船竭尽全力，总算进入河口，但仅此而已。狂风、大浪和急流，在圣帕莱一齐攻击它。不过，三盏灯的救护队将这情景映照出来：三十个人看见他们到了什么地方，正要跌向沙滩，如能及时离开船，他们就可能保住命。他们准备跳下去，把命交给飓风，交给大风的震怒。的确，狂风对待他们，恰恰像对待浪涛那样，席卷上岸就不准返回。他们受碰撞，受挂蹭，不知跌落在什么地方，但是不管怎样，他们跌落下来还都活着。

谁能说得清，灯塔救了多少人、多少船只？在可怕的茫茫黑夜，连最勇敢的人都六神无主，而灯塔射出的光芒，不仅指明了航路，还鼓舞士气，防止思想迷茫。在生死关头，能对自己这样讲，就是极大的精神支持："挺住！再争取一下！……别看狂风、大海都作对，可你并不孤独，全人类都在守护着你。"

古人沿海岸航行，总是不断地观望岸边，他们更渴望有灯塔指引。据传，伊特鲁立亚人①已经开始在圣石上保持夜间的火光。当初的灯塔，就是一座祭坛、一所神庙、一根石柱、一座塔楼。凯尔特人②也造起过那种灯塔：巨大的蛮石如今犹存，

---

① 伊特鲁立亚人：公元前八世纪末，出现在意大利托斯卡纳地区的民族。

② 凯尔特人：早在公元前两千年，出现在现今德国境内，公元前一千年入侵到法国高卢和西班牙等地，与当地种族同化。凯尔特语属印欧语系。

置于最显眼的地点，在海上远远就能望见火光。罗马帝国沿着整个地中海岸，每个岬角都点了灯火。

只因北方海盗制造了极大的恐怖、黑暗的中世纪战战兢兢的生活，那些灯火都熄灭了。不能为海盗提供登陆之便。大海成为令人恐惧的对象。任何船只都是敌情，一旦搁浅，又成为战利品。掠夺失事船只的财物，也是封建领主的一笔收入：这就是所谓贵族的"难船权"①。大家都知道，那个莱昂②伯爵就是靠暗礁发财的；他就讲："这里的岩石，比人们赞赏的王冠上的宝石还珍贵。"

如今，渔民在岸边燃起篝火，在海上望得见，无意间导致海难。就是灯塔也容易误认，同样造成航船失事。一处灯塔错当做毗邻的另一座灯塔，往往铸成大错。

经过几次大规模战争之后，正是法国率先更新照明技术，更能保证人身安全，海岸安装了菲涅耳③灯（一盏强光灯的亮度抵得上四千盏灯，十二海里远都望得见），灯塔射出强光带，相互交错辉映，因而黑暗就从我们的海面消失了。

观察星斗航行的海员，又多了落下来的满天星斗，同样有行星、恒星和卫星，这些人造星的色调与特点，又与天上的星星不同，光亮的颜色、强度和持续的时间，都千变万化。有的只发出平静的光，在宁静夜晚就足够了；另外一些灯塔光亮则转动，火一样的目光射向四面八方。这些灯塔犹如神奇的怪兽，灼灼的目光照亮大海，就像火焰那样闪烁不定，从熊熊燃烧，逐渐黯淡，终至熄灭。在暴风雨的黑夜，这些灯光跳动不已，似乎也参加了海洋的翻腾，而且毫不吃惊，以火光应对天上的电闪雷鸣。

---

① 难船权：法国封建领主有权占有领地海域失事船只上的财物，尤其在布列塔尼沿岸。

② 莱昂：位于布列塔尼地区西北端，有一岬角，航道多礁石，十分险恶。

③ 菲涅耳（1788—1827）：法国物理学家，光学先驱者。他研究出的复合透镜（光学上称菲涅耳透镜）代替平镜，用于灯塔探照灯，亮度大大增加。

海 山海经 SHAN HAI JING 灯塔

必须想到这个时期（1826），直到 1830 年，海洋仍然一片漆黑。欧洲的灯塔屈指可数。非洲除了好望角，根本没有灯塔。亚洲也仅仅在孟买、加尔各答、马德拉斯建了灯塔。而无比辽阔的南美洲海岸，连一座灯塔也没有建。不过此后，各国都跟上来，模仿法国。渐渐地，灯塔就多起来。

写到这里，我真想能同你们一道，一夜之间就周游我们的大洋，从敦刻尔克到比亚里茨，巡视一遍我们那些雄伟的灯塔。不过，航程也太长了。

加莱有四座灯塔，放射的光芒颜色不同，从杜夫尔就能望见，那是向英国，向途经英国的海员与乘客致意问候。塞纳河口的美丽海湾，在埃沃角和巴夫勒尔之间，点亮了友好的灯塔，向美洲敞开勒阿弗尔港，将美洲来客直接迎进家门，迎进法兰西的内地①。

而且，法兰西还迎出海去，热情地照亮布列塔尼的所有岬角，以便接待那些航船。无论在布雷斯特的前沿、圣马蒂厄角、庞马尔角，还是在桑岛，无不有灯塔放光，各不相同，每分或每秒闪亮，无不对航海者说："当心！看清楚这块岩石……避开这个暗礁……绕过去……好了！现在你进港了。"

应当指出，所有这些灯塔，都竖立在危险地点，往往建在岩礁上，在暴风雨之中，因而向建筑术提出了绝对牢固的问题。有好多灯塔高耸入云。大家侈谈的中世纪的建筑术，敢于建造这么高的建筑物，无不借助外部的支撑墙垛、拱扶垛，而建到塔尖，就再也信不过石头，只好求助于不大艺术的铁扣钉，将石头连接固定。瞧瞧斯特拉斯堡大教堂的箭顶，很容易就能看出这一点。我们的建筑师鄙视这些办法。埃欧灯塔，近来由雷诺先生建在特雷吉耶的危险的埃佩岩礁上，高大的塔身从海中竖起来，简洁到了极致。根本就不用拱扶垛。它的基础

---

① 内地：指巴黎地区。沿塞纳河溯流而上，货船能行驶到巴黎。

凿成剪刀状，深深嵌入岩石中。在六十尺宽基础上，建起直径八十尺的高塔。那些巨大的花岗岩石料彼此镶嵌在一起。此外，基础部分也都用方形楔块（同样是花岗岩），上下左右连成一体。所有部位打凿得极为精确，水泥几乎失去作用。一层一层砌上去，所有石块都死死咬住相邻的石块，灯塔完全成为一块大岩石，是岩礁延伸出来的。浪涛就无处下手了，只能拍击，发狂，最后滑走。浪涛拍击发出震天的雷鸣，取得的唯一效果，就是使灯塔震颤而略微倾斜。但是这也无须惊慌。最古老、最坚固的塔楼，也同样会出现这种摆动。

　　如今我还看到的那些阴森的棱堡，从前建造用以威胁大海，对付柏柏尔人①，现代文明则相反，建造起来和平的、殷勤好客的灯塔。雄伟壮丽的建筑，用艺术的眼光欣赏也很卓越，而且总能打动人心。灯塔放射各种颜色的光芒，白晃晃，金灿灿，是人类的上帝在大地安排的救命星空。天上一颗星也没有露出来，海员还能看到地上的星斗，又望见他那颗星，那颗博爱之星，于是又恢复勇气。

　　人们爱到灯塔旁边闲坐，坐在海员生活的真正家园、这些朋友灯火下面。它们当中某一个，还不是最年长的，就已经救了许多人而备受尊敬。多少回忆同它们紧密相连，围绕它们也形成各种传说：美好而又真实的传说。两代人的岁月就足以让它们变老，得到时间的祝圣。母亲常对家中的年轻人说："这座灯塔救了你们的祖先一命，没有它，世上也不会有你们。"
　　它们接待多少守望夫归的不安女人的拜访！傍晚，甚至夜间，您会发现望夫归的女人坐在那里等待，请求在上方燃烧的救命灯光将出海的人带回来，平安带回港。
　　建在这些神圣岩石上的古老灯塔，就是供奉人的救护神的

　　① 柏柏尔人：旧时指北非各国阿拉伯人。

祭坛。对于充满暴风雨，在颤抖中怀有希望的一颗心，事情并没有改变，而在茫茫黑夜中，流着泪祈祷的女人，望灯塔就看到祭坛和保护神了。

繁殖力

••••••••••••••••••••••••••

　　在圣让之夜（6 月 24 日至 25 日），午夜过五分钟，大规模捕鲱鱼就在北方海域开场了。一片磷光在水波中起伏跳动。"那就是鲱鱼的闪光"，这是约定俗成的信号，所有渔船都心领神会。一个鲜活的世界，受温暖、渴望和光明的吸引，刚刚从深水浮上海面。月光，淡淡而柔和，很讨这个胆怯族群的欢心；月光就是让鱼群放心的信号灯，似乎鼓励它们来过它们盛大的爱情节。它们游上来，大家一同游上来，哪一条鲱鱼也不甘落后。合群，就是这种鱼类的法则：我们看到它们向来是成群出没。它们过着群居生活，埋葬在黑暗的深海里；到了春天，它们就成群结队，来领略一下整个世间的幸福，见见天日，享乐一下便死去。它们紧紧挨着，拥挤在一起，总感到相互贴得还不够近；它们游动，就像整块沙洲。佛兰德人就说："看上去真像我们的沙丘开始漂走了。"在苏格兰、荷兰和挪威之间，仿佛一座巨大的岛子升起来了，就要出现一个大陆了。东侧脱离开一支，进入松德，挤满了波罗的海的入口。在一些狭窄的通道，都没法划桨了：海水变得牢固了。数以百万、千万、亿万，谁敢贸然猜测鲱鱼群究竟有多少数量呢？有人讲，从前在勒阿弗尔附近，一天早晨，一个渔民的网里有八十万尾。在苏格兰的一个港口，一个夜晚就装了一万一千桶。

　　它们好似一种盲目而命定之物，无论遭遇多大损伤也不气馁。人、鱼，都扑向它们，它们还照样前进，一直在游动。这也无须奇怪：它们是在游动中相爱。越是捕杀，它们越繁衍，

在行进中数量倍增。鱼群扩大变厚，在共同的吸引中漂浮，完全投入幸福的伟大事业。一切受水波和电波的驱动。在鱼群中随便捞一下，就能捞上有生育能力的鲱鱼，有的已经育卵，另一些也要受孕。这个世界没有固定的结合，随遇而乐，游中做爱。一路上，它们产下的鱼卵汇成洪流。

鲱鱼卵游动的生育潮流之盛大，令人难以置信，深达两三寻①，将水面都覆盖了。那景象实在壮观，日出时一望无际，数法里的海面一片雪白，浮游着鲱鱼的精子。

油腻腻、黏糊糊的水流厚厚的，正是生命在生命的酵母中发育。长宽都绵延数百法里，就好像奶火山突然爆发，喷出大量的奶，将大海淹没了。

水面上布满生命，这种难以形容的强大繁殖力，如果没有遭受各种毁灭力量的贪婪联盟猛烈打击，那么大海就不堪其负了。想一想每条鲱鱼，能产四五万，乃至七万只卵！假如没有大量死亡加以遏制，平均每条鲱鱼以五万倍递增，那么用不了几代，它们就会填满大洋，使海洋凝固，或者腐烂了，从而消除其他生物种类，把地球变成荒漠。在这种情况下，生命绝对需要协助，需要它的姊妹——死亡的不可或缺的救助。生命和死亡相互展开搏斗，一场无穷无尽的较量，只能导致和谐，营造尘世的安全。

世界范围捕杀天生为口中餐的族类，有的猎手负责歼毁，防止鱼群失散，并向海岸驱赶，这些猎手便是海中巨兽。大鲸鱼和鲸类并不鄙视这种猎物，它们追随鲱鱼群，潜入这种沙洲，蹿进厚厚实实的活沙洲，张开巨口，成吨地吞进无数猎物，而猎物数量不减，但是逃向海岸。临近海岸，又展开一种别样的更大规模的歼击。首先是小鱼中小鱼，最小的鱼类吞掉鲱鱼苗和鱼籽，大量吞食鱼精，吃掉未来。就现时而言，大自

---

① 寻：水深单位，1 法寻合 1.624 米，而 1 英寻则合 1.83 米。

然还造出一个贪食族类，眼睛分两侧，基本看不见，但是差不多就是一个胃，只能更痛快地吃送到嘴边的鲱鱼，这便是饕餮的鳕鱼科（如鲭鱼、鳕鱼等）。鲭鱼饱食、餍食鲱鱼，变得肥大；鳕鱼饱食、餍食鲭鱼，也变得肥大。如此一来，大海的危险，繁殖力过盛，又周而复始，愈演愈烈了。鳕鱼又远非鲱鱼可比：一条鳕鱼甚至可以产九百万只卵！一条五十斤的鳕鱼，孕育的卵重达十四斤！是它体重的三分之一。还要补充一点，这种鱼生育能力惊人，一年十二个月，有九个月发情期。正是这种鱼可能将世界置于危险境地。救命啊！放出船只，装备渔网浮子。仅仅英国就派出两三万水手。美洲又派出多少，法国、荷兰、全世界又派出多少呢？仅仅鳕鱼这一种鱼，就创建了多少殖民地、多少商行和城镇。制作鳕鱼是一门工艺。这门工艺也有一种语言，一整套捕鳕鱼的渔夫专用的术语。

可是，人能做什么呢？大自然深知，我们人类微不足道的努力，我们的渔网，我们的渔场，根本达不到大自然的目的，鳕鱼会战胜人类。大自然根本信不过人类，要唤起有效得多的毁灭力量。从河流深处到海洋，来了最活跃、最坚决的食客——鲟鱼。鲟鱼游到江河安静地做爱，离开时大大消瘦，就变得特别凶，回去参加海上盛宴，胃口也大得出奇。饥饿的鲟鱼，碰到吃了大量鲱鱼而肥胖的鳕鱼，就觉得肉特别鲜嫩。鲟鱼在那里集中找到精食，丰盛的鳕鱼肉，真是其乐无穷。这种以鳕鱼为食的勇敢鱼类，繁殖力虽不如鳕鱼，但还是很强，每条能产十五万只卵。一条一千四百斤的鲟鱼，公的有一百斤鱼精，母的有四百五十斤鱼卵。危险重又出现。鲱鱼以其旺盛的繁殖力威胁世界；鳕鱼也造成同样威胁；鲟鱼还是威胁。

大自然必须发明一种绝杀：食量惊人而发育力极低、消化力极强而后代无以为继的一个种类。救世而可怕的怪物，能切断循环繁殖的不可遏制的洪流，也就是发挥巨大的吸收能力，不管什么种类。我说什么？那是遇到什么就吞食什么，不管死

的还是活的；大自然"出色的食客"，公认的食客：鲨鱼。

然而，这些可怕的毁灭者却注定要失败。它们吞食不管有多么疯狂，却极少生育。鲟鱼，如人所见，繁殖力不如鳕鱼，而鲨鱼同任何鱼相比，就等于不生育，不像它们那样遍海产卵汇成洪流。鲨鱼是胎生动物。小鲨鱼，这个封建的继承者，是在腹中孕育，一生下来就武装到牙齿，十分凶猛。

海洋可以笑对它创造出来的毁灭者，自信富有繁殖力的幽幽深处，还能产出更多的来。海洋的主要丰产地，这些饕餮者根本攻不进去，能够挑战它们的全部疯狂。我指的是生命粒子、微生物的无限世界，那是海洋腹部繁衍生命的真正渊薮。

有人说，没有阳光的地方就没有生命，然而在深深的海底，却栖息着海星。水流中大量生长着纤毛虫和纤虫。无数的软体动物，在海中拖着自己的贝壳。青铜色蟹、放射形海葵、雪白的宝贝、金黄的圆口类、涡螺，所有这些软体动物，无不活着，都在活动。那里还大量繁衍发光的微小动物，它们有时被吸引到水面，形成长带、火蛇、闪闪发光的花环。大海透明的深处，有的地方也会偶尔照亮。大海本身也有某种闪光，是人们在活鱼和死鱼身上观察到的，不知道什么微光。大海有自己的光明，有自己的信号灯、自己的天空、月亮和星辰。

在我们的盐场，人人都能看到海的繁殖力。圈在里面的海水，留下紫色沉积物，那全是纤毛虫。所有航海者都讲述，在某一段颇长的航程中，他们纯粹穿行在充满生命的水中。弗雷西奈看到六千万平方米的海面上，覆盖着一片鲜红色，那无非是一种动植物，极其微小，一平方米容纳四千万。在孟加拉湾，1854 年，金迈船长在一片白色的海面航行了三十海里，海面的景象犹如一片雪原。天空没有云彩，但是灰蒙蒙的，同明亮的大海形成明显的反差。从近处看，白色的海水是一种明胶，再用放大镜观察，看出是一群微生物，蠢蠢蠕动而产生奇特的光效果。

佩龙也讲述，他航行二十法里的一段路程，穿过土灰色的海面。放到显微镜下观察，海水浮着一层全是卵，不知是什么鱼类产的；漫无边际，覆盖住了海面。

在格陵兰岛荒凉的海岸，人们以为自然生物灭绝了，可是海中却有大量栖息。有人航行在深褐色的海域，长达二百海里，宽也有十五海里，那是微生水母染成的颜色。这种海水每尺见方，容纳十一万多微生水母（据施莱登①）。

这种海水富有营养，饱含各种脂肪微粒，正适于生性怠惰的鱼：那种鱼懒懒地张张嘴吸呼，就像在共同母体怀着的胎儿那样，吸收了营养。鱼知道在吞食吗？略有所感。微生物食品如同奶一般吸进去。这个世界的大造化：饥饿仅仅留给大地，而海洋里早有防范，不知饥荒为何物。不用花费一点气力，也根本不必寻找食物。生活这样漂浮着，应像一场梦。生物的力量派作何用呢？毫无用场，完全留给爱了。

这是真正的事业：海洋大世界的工作；就是爱和繁殖。爱充满了孕育之夜。爱潜入深海，在无限小的生物身上表现得尤为丰实。然而，何者真正是微粒呢？您认为掌握了最小的，不可分的了，却发现它仍在爱，还能分裂出另一个生物。在生命的最低阶段，其他器官一概没有，而您却能发现，这生命已经具备传宗接代的完整形态了。

---

① 施莱登（1801—1881）：德国最早接受达尔文进化论的植物学家之一，与T·施万共同创立细胞理论。1838年著《植物发生论》，说明植物体各部分均由细胞和细胞衍生物所组成：这一条生物学法则，可与化学上的原子理论相提并论。

奶之海

．．．．．．．．．．．．．．．．．．．．．．．．．

　　海水，即使最纯净的，从远海汲取，远离一切杂质，也还是略显白色，稍有点黏稠，倒在手上，从指间流下去十分缓慢。用化学分析解释不了这种特点。海水中含的一种有机质，用化学方法一接触就会破坏，摧毁其特性，粗暴地将其拉回到一般物质中。

　　海生植物、动物都包裹着这种物质，而这种物质的黏液在它们周身起加固作用，产生明胶的效果，有时固定，有时颤动。这样，它们就好像穿着半透明的衣衫。海洋世界比什么都更能让我们产生奇思异想。那里的反光很特别，往往呈现奇妙的彩虹，例如鱼鳞、软体动物的贝壳的反光；软体动物的全部豪华，都体现在它们有珠光的贝壳上。

　　也正是这一特点，最能抓住第一次见到鱼的孩子。我很小的时候，就碰到了这种情况，还完全记得给我留下的鲜明印象。这家伙亮晶晶的、滑溜溜的，全身披着银鳞，让我惊喜到了难以形容的程度。我试着抓住它，可是很难做到，觉得它跟水一样，一下子就从我的小手里溜掉。在我看来，鱼和它游的水是同样的东西。在我模糊的意识里，鱼不是别的东西，正是水，是有机体的、动物水。

　　很久之后，我长大成人了，一看到海滩上有什么东西闪闪发亮，几乎还是那么惊讶。透过海的透明体，我能看出石子儿、沙粒。海水像玻璃一样无色，稍微有点稠，一搅就颤动，在我看来，还像古人，还像列奥米尔①那种感觉；列奥米尔就干脆把这些生物称为"明胶化的水"。

这种印象，如果再看到海面刚形成的白色泛黄的长带，就会强烈得多了。在那长带中，海水开始懒懒地生成结实的墨角藻、昆布：这些生物在变成褐色的同时，也加固了表层和外皮。不过，它们还初步生成，还处于黏稠状态，有一定弹性，好似固化了的水流，越有柔性，黏度也就越强。

这些低级生物，不管植物还是动物，对于它们的繁殖和复杂的结构，我们今天所知甚多，就不能再拿古人和列奥米尔的看法来解释了。然而，这并不妨碍我们再回到博里·德·圣万桑首先提出的问题："海洋的黏液是什么？能是水普遍具有的黏性吗？难道不是生命的普遍元素吗？"

我的头脑萦绕着这些想法，便去拜访一位杰出的化学家；他讲究实际，又有坚忍不拔的精神，是个既谨慎又大胆的创新者。我开门见山就问他：

"先生，海水中含有的这种带黏性、发白的物质，依您看究竟是什么呢？"

"不是别的，正是生命。"

这句话太简单，也太绝对，他随即又补充说道：

"我是说，一种半有机，并且完全可以成为有机的物质。在某些海域，这种物质仅仅是密集的纤毛虫；另一些海域，则是即将化为、可能化为纤毛虫的物质。——不过，这项研究有待开展；严格来说，现在还没有开始呢。"（1806 年 5 月 17日）

我告别这位化学家，又径直去拜访一位著名的生理学家，他的见解对我同样具有权威性。我向他提出同样的问题。他的

---

① 列奥米尔（1683—1757）：法国物理学家、博物学家，于 1722 年创立金属学；他也对自然科学感兴趣，研究软体动物、贝壳动物和昆虫。

回答很长，也很精彩，大意如下：

"我们认识水的结构，并不比认识血的结构多什么。海水中的黏液，看得最准确的，还应认为这既是一种终结，也是一种开端。这是死亡将无数残渣让给生命所导致的后果吗？当然是了，这是一条法则；然而事实上，在这海洋世界，吸纳得很快，大多数生物还未拖到死亡状态，活着就被吞噬了，而大地则相反，毁灭的过程缓慢得多。海洋是非常纯净的场所，战争与死亡提供营养，又不留下任何废弃物。

"然而生命，即使未到最后解体的时候，也还是不断蜕变，排除一切多余的成分。在陆地动物，我们人身上，表皮就不断脱落。这种蜕变，可以称为日常的局部死亡，能使海洋世界充满丰富的胶质，正是孕育中的生命应时之需。生命找到了这种普遍排除的大量油脂、还活着的生物残体、还有生命的液体物，这些都处于悬浮状态，还没有来得及死亡，而且不待回归无机体，就迅速进入新的生物体内。在所有的假设中，这恐怕是最接近真实的一种；离开这种假设，那就要陷进极端困难的境地。"

如今这些领先的、极为严肃的人物的见解，同将近三十年前乔弗鲁瓦·圣伊莱尔①的主张，也绝非水火不相容。当年，乔弗鲁瓦·圣伊莱尔认为，自然万物从普遍存在的"黏液"中汲取生命，他说道：

"这是可转化为动物的物质，有机体的初级。无论动物还是植物，在生命的初期阶段，不管多么弱小，也无不吸纳并制造这种黏液物质。它们因为极其孱弱，也就大量增长。"

最后这句话，为海洋生命开拓了一种深刻见解。海洋的大部分孩子，似乎都是胶质状态的胎儿，它们吸纳并制造黏性物

---

① 乔弗鲁瓦·圣伊莱尔（1772—1844）：法国博物学家，动物学教授，他的研究着重说明动物在演变中，有机组织的一致性。

质；这种物质充斥海水，赋予海水一种无限的子宫那种多产的温馨，不断生出新的孩子，如同游在温暖的奶水中。

让我们观赏这神圣的事业，汲取一滴海水，我们就从水滴里看到，重又开始原初的创造。今天，上帝不会以这种方式行事，明天也不会以别种方式行事。我这滴海水，我毫不怀疑，在它变化中，会向我讲述这个世界。我们就等着观察吧。

谁能预见，能猜测出这滴海水的历史？——植物—动物、动物—植物，哪一种要首先生出来呢？

这滴海水，会成为纤毛虫、单子，并且在蠕动和震颤中，很快就变成弧菌吗？然后再一级一级往上进化，真蛸、珊瑚或珍珠，经过上万年，也许达到昆虫的等级吧？

这滴海水，将要达到的境界，会是一根植物丝吗？那纤细的绒毛，甚至不会被人视为一种生物，但是已经不亚于一位年幼女神初生的发丝，敏感的、爱的发丝，说得精辟些：维纳斯的秀发！

这绝非寓言，而是自然史。这滴海水，在自然两界（植物界和动物界）中越变越稠，而自然两界的这根发丝，正是生命的长子。

您往一眼水泉深处瞧，开头什么也没有看到；继而，您就看出有些水珠略微浑浊。再用放大镜观察，这浑浊是小小云朵，或为明胶状，或为絮困状。进而放到显微镜下观察，云朵就变得纷繁了，好似一团菌丝体，细头发丝，恐怕等于女人最细头发的千分之一。这就是生命要组织起来，怯生生的初步尝试。这称为刚毛藻，在淡水中普遍存在，也存在于静止的咸水中。刚毛藻开始了两个系列的原始植物，即海洋的和海水撤离成为陆地的植物。离开水之后，便进化为种类数不胜数的真菌家族；而在水中的，则有刚毛藻、藻类和其他类似植物家族。

这是生命必不可少的最初元素，在似乎不可能有生命的地

山海经 SHA❤ HAI JING

奶之海

方，人们已经发现了这种元素。在含铁和饱含铁质的发暗的水中，在温度很高的温泉水中，您都能发现这种轻微的黏性物质，以及这种微生物；它们仿佛聚成不稳定的水滴，不断游弋蠕动。怎么给它们分类都无所谓：康多尔①尊称它们为动物，然而，杜雅尔丹②则将它们贬到植物的最低级。无所谓，它们但求活着，但求通过它们低微的生存，开启长长的生物链，而其他生物才有可能出现。这些微生物，不断从母体水中汲取生命的胶质，并从底层调解营养，提供给其他生物。

这根本不像化石最初生物的样板，不像动物和复杂植物的印记：那些动物（三叶虫）已经有高级器官，例如眼睛；那些高大的植物，也有强健的组织。在进化的前些阶段，为这些生物做准备的那些简单得多的生物，因为躯体柔软而不牢固，完全可能就没有留下痕迹。那么，最坚硬的贝类都被撞破而解体了，这些微生物怎么能存活下来，没有消失呢？有人在南方海中见到，长着尖利牙齿的鱼啃噬珊瑚，就像绵羊啃吃树木一样。生命柔软的雏形，有了生命的胶性物，还未长结实，就是消失几百万次，大自然也未必能创造出它那粗壮的三叶虫、它那不可摧毁的蕨类来。

我们应当恢复这些微生物（刚毛藻、微生藻类、介乎动物和植物两界之间的漂浮生物、尚未成形的粒子，而这些粒子时而将植物性嫁给动物性，又时而将动物性嫁给植物性）的权利，恢复它们的长子权，而且从各方面看来，这种权利也应该归属它的。

正是在这些微生物的基础上，并由它们供养，才开始进化庞大的、奇妙的海洋植物区系。

海洋植物区系从这一点开始，我不禁要对它表达我由衷的

---

① 康多尔（1778—1841）：瑞士植物学家，著有《植物学的基础理论》。
② 杜雅尔丹（1801—1860）：法国博物学家，他的著作描述了细胞质。

赞赏。

我祝福它出于三种理由。

海洋植物无论大小，都有三种可喜的特点：

首先，这些植物无害，没有一种能致命。海洋里绝无有毒植物。所有海洋植物，都是健康而有益的，都是生命的恩惠。

这些无害的植物，但求供养动物界。有许多种（例如昆布）含有糖分。有许多种（例如紫色美丽的苔藓，人称科西嘉苔藓），所含的苦味是有益的。所有植物都集中了富有营养的黏胶，尤其好多种黏汁，中国那里吃的燕窝，就是金丝燕的唾液，还有铁线蕨，胸部疼痛的良药。今天药方开碘片的所有病症，从前英国就用海藻类食疗。

海洋植物第三个突出特点，就是爱的细胞最多。看看它们婚嫁的变异，就会相信这一点。爱是生命要超越自身的存在而做的努力，能表现出超常的力量。这一点通过黄萤和别的小动物就能理解：它们激情迸发，直至燃烧起来。这在杂交的植物的身上，体现得也同样很明显：在神圣的时刻，海藻就冲出植物性生命，僭越了更高级生命，竭力成为动物。

这些奇迹从哪里开始的呢？动物性的雏形是在哪里形成的呢？有机组织的原始舞台该是什么呢？

从前众说纷纭，莫衷一是。今天在这些事情上，欧洲知识界达成某种一致了。我可以从许多公认的权威书中找到答案，但我还是喜欢引用一部《回忆录》来回答：这部《回忆录》受到科学院的褒奖，因而也是有那样高的权威性。

在水温高达八十度至九十度的热水中，还能发现生命。这就是说，地球冷却下来，降到这种温度，就可能有生命了。水已经部分吸收了死亡元素，碳酸气。这样就可以呼吸了。

当初，在太平洋一带，所有的海都大同小异，水不怎么深，布满低矮的小岛。这些小岛都是旧火山，已经熄灭了。旅行者只看到了显露出来的火山峰，还是由珊瑚虫不断加高了

山海经 SHAN HAI JING

奶之海

的。然而海底，在火山之间，对于最初创造生物的尝试来说，应当是生命的贮藏所。

民间传说历来认为，火山是地下宝藏的守卫，有时就让隐藏在深处的黄金喷射出来。虚构的诗歌，却道出真相。火山区域本身就是地球的瑰宝，具有繁殖力的强大性能。在火山区，贫瘠的土地变得肥沃。从熔岩尘埃和始终温暖的火山灰，生命就能进化繁衍起来。

大家知道，维苏威火山①坡多么富饶，长长的根须一直探到海里的埃特纳火山②谷，又有多么富饶。大家也知道，在喜马拉雅山脚下，克什米尔谷地那美丽的火山圆谷，成为人间天堂。在南半球的海岛，每走一步都重复这种情况。

在条件最不利的环境，只要靠近火山和伴随火山的暖流，动物性生命在最荒凉的地点也能延续。就在气候严酷的南极，离埃里伯斯火山不远，詹姆斯罗斯在冰封的海下发现长有上千枝权的活珊瑚。

在世界幼年时期，无数火山在海底十分活跃，远比今天猛烈。火山形成的缝隙、中间带的谷地，就允许海中黏胶质多处聚集，产生电流。毫无疑问，胶体便在那里生成，逐渐成形稳固了，还不断进化并发酵，显示其年轻的旺盛精力。

酵母促使有机物相互的吸引。海中分散产生的有创造力的元素，相互组合起来，我本想说相互婚配。基本的生命出现，但很快就化解而死亡。另外一些，吸收了它们的残骸壮大起来，生存下来；这种预备的生物，缓慢而耐心的创造者，从那时就开始在水中生生不息，如今在我们眼下还继续这种生息。

海洋喂养所有生物，分配给每种生物更适宜的成分。每种生物都以各自的方式分解海水，吸收有益成分，有一些（如珊瑚虫、石珊瑚、贝类）吸收水中的钙质；而另一些（的黎波里

---

① ②　维苏威火山与埃特纳火山均在意大利境内。

的背囊类动物、粗糙的木贼等）则集中积存二氧化硅。它们的残骸、它们的构建，给火的女儿、黑乎乎裸露的原生岩石，披上新装：当初，这些岩石由火焰从地球核心抢夺出来，在灼热中抛向各处，自然不生不育。

石英、玄武石、斑石、半玻璃化的石头，得益于我们这些微小的创造者，披上了带点人性的外衣，即创造者们从母奶（我这样称呼海中的黏胶质）里提取柔和而有繁殖力的物质；这些物质经由它们加工、置放，就使得大地可以居住了。在这样更为有利的环境中，原始生物种类才得以完成改善和进化。

这种活动，首先是在火山岛之间进行。群岛之间的深谷迂回曲折，好似宁静的迷宫，波涛只有小心翼翼才能进去，对新生儿来说便是温暖的摇篮。

然而，盛开的鲜花在深海才完全绽放，例如在印度湾。在那里，海洋真是一位大艺术家，赋予陆地以令人赞叹的形状，犹如天赐，特别适于创造爱。由于海浪百般的爱抚，海岸变得浑圆，有了母亲的轮廓，我是要说，女人乳房的那种显见的温存：庇护、温暖和睡眠，孩子觉得十分温馨的东西。

粒 子

....

　　有一天，一名渔夫将他的网底给了我，有三只快死的海物：一只海胆、一只海星、另一只海星类，即美丽的真蛇尾。真蛇尾还动弹，但是它那细弱的肢体很快就断掉。我给它们倒了些海水，就去干别的事，丢下了两天。回来再一看，全都死了，已无法辨认：这场景又周而复始。

　　水面上形成厚厚一层胶膜。我用针挑起一小点，放到显微镜下，便看见这样的情景：

　　一团旋涡似的微生动物，短粗而有力，十分活跃，来回游动，有了生命而陶醉，我敢说，它们因为出生而狂喜，从一种奇特的狂欢庆祝生日。

　　第二层蠕动着蛇状和针状微生物，主要不是游动，而是震颤，向前弹射（或者称为弧菌）。

　　这样乱哄哄的运动看累了，目光很快又注意到，并不是都在活动。有些弧菌还处于僵硬状态，并不震颤。还有一些相互扭缠在一起，聚为葡萄串状、蜂群状，尚未解体，似乎等待解脱的时机。

　　在尚未活动的微生物的这种生命蜕变中，矮粗菌（les kol-podes）毫无秩序，都在"发威"，横冲直撞，乱翻乱滚，似乎在大吃大喝，越吃越肥胖，生活得自由自在。

　　应当指出，这样大的场面，只是在用针尖挑起的一点胶膜中展开。而这片胶质的海洋，多么迅速就浮到小盆的表面，能提供多少类似的场景！时间利用得多么充分。海中小动物，要死去或者已经死掉，它们逃离的生命立刻创造了一个生命世界。我失去三只动物，却又获得数百万只，而这些又特别年轻，特别活跃，动作极猛，胃口极大，名副其实地显示出一种生活的疯狂。

这个无限世界，与我们的世界息息相关，在我们周围，我们身上无处不在，但是直到那时，还几乎鲜为人知。斯瓦姆默丹和其他一些人，从前就隐约看到这一点，只可惜刚走出一步就停止了。很久之后，到了1830年，魔术师埃伦贝格①才提起这个世界，揭示它并为其分类。他研究这些肉眼看不见的生物的相貌，它们的组织、它们的习性，观察它们吃食、消化、游动、捕猎、战斗。但是他还不清楚它们怎么繁殖。它们是怎么相爱的呢？它们相交配吗？如此低级的生物，大自然有必要花费精力安排一种复杂的繁殖吗？抑或它们会自生，就像某种植物霉菌那样吧？老百姓则说"像蘑菇那样"。

这是个大问题，许多学者都微微一笑，摇摇头。他们都有十足的把握，手中掌握世界的秘密，总能确定生命的法则！大自然应当遵循。有人一百年前对列奥米尔说，吐丝的母蚕无须雄性，可以自行繁殖，他就否认，说道："什么也不会无中生有。"这一事实，屡遭否定，又屡屡证明，现在终于完全接受了，不仅是家蚕，而且蜜蜂、某种蝴蝶，以及其他一些动物，都是这样繁殖。

无论哪个国家，无论智者还是平民百姓，历来都这样讲："死而生。"人们尤其猜测，微生物就是立刻从死亡的遗骸中生

---

① 埃伦贝格（1795—1876）：德国生物学家、显微镜学家、科学探险者、微观古生物学创始人之一。

出来的。甚至威廉·哈维①，提出繁殖法则的第一人，也不敢否认这种古老的观念，他说"一切来自卵"的同时，还补充一句："或者来自前面生命分解出来的元素。"

这恰恰是在普歇②先生试验的基础上，刚刚重新诞生而轰动的理论。他确认从纤毛虫和其他生物的残骸中，能形成可繁殖的胶质凝固物，"多育的膜"，从膜中生出来的虽不是新的生物，但也是随后能诞生新生物的胚原基、卵子。

我们处于产生奇迹的时代，必须顺应潮流，这无须大惊小怪。

从前如果有人胆敢主张某些动物不服从既定的法则，居然要用爪子呼吸，那他准会遭人耻笑。米尔恩－爱德华兹③的出色研究成果，已然证明了这一点。据说，居维叶和布兰维尔④也同样观察到，另一些动物没有专门的循环器官，就用肠子替代。然而，这些博物学大家觉得这事太重大了，都没敢讲出来。今天，还是这位米尔恩－爱德华兹，以及德·卡特尔法日等人，确立了这一事实。

我们这些粒子一旦诞生，不管人们怎么看，总要提供一个无限的、丰富多彩的世界。在那个世界里，生命的所有形式都已经有了体面的表现。这些粒子如果彼此相识，就一定会相信它们之间构成完美的和谐，没有什么缺憾了。

它们并不是分散的、创造出来的另类，显然是一个领域，不同种类组成生命工程的大分工。诸如真蛸和珊瑚虫，它们都

① 威廉·哈维（1578—1657）：英国医师、生理学家、胚胎学家、实验生理学创始人之一。他首次阐明了血液循环原理，1651 年发表的《论动物的生殖》，支持亚里士多德的胚胎学。
② 普歇（1800—1872）：法国博物学家，生命自然发生说的主要支持者。
③ 米尔恩－爱德华兹（1800—1885）：法国博物学家、生理学家。
④ 布兰维尔（1777—1850）：法国博物学家，居维叶的学生，捍卫老师的观点。

是集体生物，还受束缚，受一种共同生命的奴役。它们是小小的软体动物，但是已经披上了薄薄的贝壳。它们中间有灵活的小鱼、活跃的虫子、高傲的甲壳动物、微型的未来螃蟹，而且都像现在的螃蟹武装到牙齿，好战的粒子猎杀无防卫力量的粒子。

这一切丰富多彩到了惊人的程度，足令肉眼可见的贫乏世界自愧不如。且不说为亚平宁山脉作出贡献、增高中科迪勒拉山脉的根足虫类，单讲有孔虫类，这种原生贝类族群极其庞大，计算有两千余种（据夏尔·德·奥尔比尼①）。人们发现它们经历了地球的各个时期。在地球发生的三十次危机中，有孔虫类在所有地层都有化石标本，形状小有变化，但始终保持同一种类，始终历见证地球的生命。南极寒流由南美洲岬角分成两岸，今天还不偏不倚，分别往拉普拉达②和智利，各送去四十种。不过，它们自生自造和组构的大工场，还是发自安的列斯海③的暖流。北半球潮流将它们杀死。父爱的大潮流又将它们的尸骸运至纽芬兰岛，而我们的大洋底部全铺满了它们的尸骸。

所谓粒子的著名父亲，我是指它们的教父埃伦贝格，这位教父给它们洗礼，支持它们，将它们引进科学，结果遭到别人的指责，说他偏爱那些微小的动物，夸大了它们的价值。他盛赞它们结构复杂，已经很高级了，溢美之言比比皆是，甚至赋予它们一百二十个胃。可见的世界不免恼火，反应十分猛烈，由杜雅尔丹出面，干脆将它们贬到最简单的生物行列。在他看来，这些所谓的器官不过是表象。然而，他也不能否认它们的强大吸收力，只好同意它们有一种天赋，能根据吞下食物的大小，随时造出合适的胃来。这种观点，丝毫也没有说服倾向于

---

① 夏尔·德·奥尔比尼（1816—1876）：法国植物学家、地质学家，著有《自然史通用词典》。

② 拉普拉达：阿根廷的地名，同名城市与海湾。

③ 安的列斯海：今称加勒比海。

埃伦贝格的普歇先生。

　　它们身上不容置疑而又令人赞叹的，就是活动的能量。

　　从表面上看来，好多种都有早熟的个性。它们不会长久依附珊瑚虫的共同生活，那是它们的顶头上司，真正的珊瑚虫所过的懒散日子。这些微生物，许多一跳出来，就是独立个体，也就是说能独自来来往往，无拘无束，如同世上的自由公民，要往哪边走全由他们自主决定。

　　高级生物世界那些不同方式的行走、移动，凡是能想象得出来的，纤毛虫事先就做得到，甚而犹有过之。一颗强大的星体，一颗太阳飞速地旋转，就像拖着它的行星那样，拖住它所遇到的弱者；一颗彗星披着长发，运行不大规则，穿越太空，或者一路抛散一些模糊的物体。灵活的游蛇顺水或在地上游动，划出极美妙的曲线；摇曳的小舟，能够及时转弯绕行，以便漂流得更远；还有我们的树懒，小心翼翼缓慢地爬行，什么都抓一抓，什么都靠一靠，所有这些形形色色的行踪动态，纤毛虫都能表现出来。而且，依靠多么奇妙的简单方法。某种纤毛虫，全身不过是一根细线，但能向前弹射，好似有弹性的螺旋钻。另外一种纤毛虫，划动的桨和舵，无非是一根弯曲的小尾巴，或者振动的纤毛。可爱的钟虫宛若花冠，一同栖息在一座岛（一株小植物、一只小蟹）上，继而脱离它们微小的柄，都特立独行了。

　　远比运动的器官惊人的是，可以称为表情、神态、情绪和性格的独特征象。有些微生物十分敏感，另一些特别活跃，也很怪异，这一些好战，那一些似乎无故瞎忙，胡乱折腾。有时，就像在安安静静呆着的一群人当中，忽然闯进一个愣头青，又聋又瞎，撞翻或者撞开一切。

　　无比神奇的喜剧！它们仿佛在相互配合，排练一出戏，等将来我们的世界登台演出，由我们大动物高贵而严肃的世界来演出。

纤毛虫也有头儿，我们就尊称为雄伟巨头，两类首领：活跃的最高典型、力量的最高典型；后者虽然动作缓慢，但是全副武装，十分可怕。

您从房顶采下一块苔藓，放进水中浸泡数日，再用显微镜观察。一只强大的动物，可以说是纤毛虫的大象、鲸鱼，活动中显示出年轻生命的活力和优美，这并不是那些大家伙总能具备的。致敬！这是粒子之王，一种轮虫，这样称呼的原因，就是它的头两侧，有两个轮子，这种移动器官就像汽轮船，也许还是狩猎武器，有助于抓到小猎物。

其他一切都溃逃，都避让，只有一个敢对抗，无所畏惧，相信自己的武器。这是个怪物，已经拥有高级感官。它有一对大红眼睛。动作不大灵便，然而却是一只真正的熊足虫，它看得见，也有武器，爪子很有力，指甲锐利，需要时既可用来抓牢稳定，当然也能用来战斗。

大自然创造的强有力开端，用料极其节俭，几乎不用什么，就以如此宏伟的方式开始造物！开场就显出高超的手法！这些原生动物（个头儿无所谓），有巨大的吸收和活动能力，远远超过动物系列中高级得多的大动物。

牡蛎，固定在岩石上，蛞蝓用肚腹爬行，它们对轮虫来说，就像在我眼中的阿尔卑斯山脉、中科迪德勒拉山脉，根本不成比例，不可能目测，除非通过计算和思考。

可是，这些高山一般的动物又如何，还有轮虫所展示的那种敏捷与活力吗？我们动物系列往高级攀升，却又衰退得多厉害！……我的那些原生动物太活跃了，变幻不定令人目眩，而这些庞然大物，全是瘫痪的家伙。

假如轮虫能想象出无穷大的集体生物，例如我们在自然博物馆看到的华美的、巨大的星状海绵，那又该是什么情景呢？那就像人想象周长九千法里的地球。因而我深信，在这种对比

山海经 SHAN HAI JING

粒子

141

中，原生动物非但不会感到惭愧，反而要十分自豪，还会说："我才伟大呢。"

轮虫啊，轮虫！千万不要鄙视任何种类。

我明显地感到你的长处和优势。——然而谁晓得，你嘲笑的这种受禁锢的生命，就不是一种进化呢？你这样莽撞的自由、令人目眩的躁动，难道是事物的终极目的吗？有了起点，为了向更高级的命运发展，大自然宁愿接受一种静止不动的魔力。它进入黑暗的坟墓：在这阴惨的共同体中，每种元素都不算什么。大自然在这里学会掌控个体的不安情绪，集中精华助长高级生命。

大自然在那里沉睡一段时间，就像传说的"树林中的睡美人"。然而，不管是睡眠、禁锢，还是中魔，这种状态不是死亡。海绵这种粗糙的物质，黏连了燧石，仍然活着。不动弹，不呼吸，没有循环系统，也没有任何感觉器官，但是它活着。怎么知道的呢？

它每年生育两次。它自有表达爱的方式，甚至比许多别的动物感情更丰富。一到日子，小海绵球便从母体分离出来，长有弱小的鳍，可以自由活动，但又很快固定下来，化为纤细的针海绵，随后也渐渐长大。

就是这样，表面上没有感官，也没有任何器官，在神秘莫解的一团谜中，在生命的可疑门槛，生殖却揭示了生命，开启了可见的世界，即我们的进化之路。什么还没有，但是就在这乌有之中，已经显露了母性。如同埃及的神灵，伊希斯①、奥赛里斯②，他们出生之前就开始生育了，在这里，先有爱神，后有生命。

---

① 伊希斯：古埃及主要女神之一，为众王之母，主管众生之事，也是丧仪中的主神，能治病，能起死回生。

② 奥赛里斯：古埃及主神之一，他统治已故之人，能使万物自阴间复生，如使植物萌芽、使尼罗河泛滥等。

血之花

在地心，在赤道的暖流中，以及海底火山上，海孕育的生命过于丰富，似乎难以平衡这些创造物了。海超越了植物性生命，她生下的孩子，一下子就要跳到动物性生命。

然而，这些动物，却打扮得花枝招展，那种华丽的装束全是奇花异草。您会看到鲜花、芳草和树木一望无际。看形貌和颜色，您判断那全是植物。可是，这些芳草有动作，这些树木会发怒，这些鲜花能战栗，初步有了感觉，要表露意愿。

搔首弄姿，极有风韵，如影随形，尤为曼妙！在动物和植物的临界，精神，以奇妙的仙境的漂浮形象出现，证明它开始苏醒了。这是震旦，这是拂晓。它以鲜艳的颜色、珠光或珐琅质的色彩，开始讲述黑夜的梦和来临的白昼的思想。

思想！我们敢用这个词吗？不敢，这是梦景，还在做梦，但是会逐渐清晰犹如早晨的清梦。

在非洲北部，或者在另一端，好望角一带，在植物占统治地位的温带区域，已经出现了生命的竞争对手：它们也像植物一样生长，开花，但是很快就赶上并超过植物。

大奇观开场了，范围越来越大，向赤道推进。

奇特的灌木，绰约多姿，有柳珊瑚、红色珊瑚，伸展它们丰茂的扇形。珊瑚在波涛下面变红。

在七彩虹的绚烂的花坛旁边，开始长出石头植物，石珊瑚枝杈纷繁（能说是它们的手掌和指头吗？），盛开淡粉色的花，

如同满树的桃花、苹果花。距赤道七百法里，以及越过赤道七百法里，都在继续这种梦幻般的奇观。

有些物体还十分暧昧，例如小花冠，是矿物界、植物界和动物界争奇的对象。它们从属于动物，也从属于矿物，最终还是被植物夺了去。也许这正是生命从岩石状态懵懵懂懂醒来，虽然尚未脱离这个艰难的起点，但似乎要告诉我们，告诉我们这些地位极高而又极为自豪的人，三界原为兄弟关系，卑微的矿物也有权升级并获取生命，而这正是大自然由衷的渴望。

"我们大地的草场和森林，如果同海洋的草场和森林相比较，就显得荒凉空旷多了。"达尔文如是说。的确，凡是航行在透明的印度洋上的人，看到海底呈现的幻景，都会惊叹不已。那些植物和动物，以其形形色色的自然标志，构成了光怪陆离的景象，尤其令人叹为观止。明胶状软绵绵的植物，肢体似茎非茎，似叶非叶，装出胖乎乎的样子，那种弯腰曲背的优美姿态，仿佛要给人以错觉，让人以为它们是动物。真正的动物却似乎千方百计要成为植物，装扮成草木，极力模仿另一界的生物。有一些很挺实，几乎像树木那样永生。另一些则像花朵，刚刚绽开就凋谢了。海葵就是这样，开出淡粉色的雏菊，或者蓝眼睛的紫菀。可是，它的花冠一旦产下一个女儿，一个新生的海葵，您就会眼看着它融化而消失了。

海生洞螈，海鸡冠，更是变化无常，呈现各种形状和各种颜色。它扮演植物，扮演果实，舒展为扇形，变成一道树篱，或者蜷曲为圆圆的秀美花篮。然而，这一切都是短促的，瞬息之间，生命战战兢兢，稍有波动就化为乌有，什么也留不下，一眨眼就完全返回共同的母体中。在这些轻盈的形体中，您还会发现一种就像含羞草，长有触角，一触碰就缩成一团，宛若对夜凉特别敏感的花朵。

您站在高高的珊瑚岩礁边上，俯身看见海底铺了海星和笙珊瑚的绿毯，海绵蜷成雪团，脑珊瑚装饰着迷宫，山峦谷地一片色彩斑斓。闪着橙黄色光的绿茸茸石竹，在它们石灰岩的枝头，轻轻摇晃着大批金黄的雄蕊，钓上它们的小食物。

在这海底世界的上方，仿佛为了遮太阳似的，依依摇曳着柳枝、长藤，或者摆动着棕榈叶，那正是数尺高的雄伟的柳珊瑚，以及伊希斯灌木所形成一片森林。长长的羽状枝丫，蜷曲成螺旋，看着就像葡萄须，用熠熠反光的纤细枝条，将一棵一棵树木连通一气。

这景象很迷人，也乱人心性。这是一种诱惑，犹如一场梦。水，奇妙幻境的仙女，又给这些色彩增添一副色调流丽的棱镜，一种美妙的动感、一种瞬息万变、一种迟疑不定、一种疑神疑鬼。

我看到了吗？没有，那并不是……那是个物体还是一个景象？……其实不错，那正是生物！我看到的是一个真实的世界，一个在海底居住并嬉戏的世界。软体动物信赖那里，拖曳着它们闪着珠光的贝壳。螃蟹信赖那里，它们四出打猎。还有怪异的鱼，懒洋洋地游动，它们身子极短，大腹便便，全身披着金色和上百种颜色。酱紫色的、紫红色的海葵，像蛇一般在精美的海星附近游来游去；而在阳光下，真蛇尾不断地伸缩展卷它那优美的胳臂。

在这种魔幻的境界中，挺拔如乔木的石珊瑚，颜色不大鲜明，却显得更为庄严。石珊瑚之美表现在形貌上。

尤其美在整体上，美在共同城池的高雅景观：个体是渺小的，而共和国则宏伟壮丽。在这里，美的强大基础，正是芦荟和仙人掌。在别处，那又是鹿头、鹿角。再换个地方，便是雪松伸展粗壮的枝杈，而这种树首先是横向伸出胳臂，但又一直长高。

这些形体，从前繁花满枝，生意盎然，如今鲜花早已败落，但是这种肃穆的状态，也许对思想更具有吸引力。我爱看冬季的树木，细枝已脱尽茂叶的华装，告诉我们它们原本的样子，尽显它们隐蔽的个性。这些石珊瑚便是如此，它们从绘画

变成雕刻，现在这样赤裸，可以说更加抽象，仿佛要让我们明白这些小族群的秘密，而它们正是这些小族群的丰碑。好多石珊瑚的神态，似乎在用奇特的符号向我们诉说。它们相互交织，萦回缠绕在一起，显然是要告诉我们什么事情。谁能来解读呢？用什么话语来翻译呢？

我们能感到，这里面至今还有一种思想。不容易提取出来。我们回到这里，在这里逗留，尽量认读，以为看懂了。继而，这一闪光又消失了，我们只好连连拍额头。

呈现在冰冷的几何图形中的蜂房，不知减少了多少含义！蜂房只是生命的一个产物。然而这里，这可是生命本身。这珊瑚石不仅仅是这一族群的基地和庇护所，还是先前的一个族群，是原生的一代，渐渐被在上面新生的所取缔，便采用这种恒久的姿态。因此，当初的各色运动、原始城池的形貌，还是那么显而易见，令人心惊，一种不容置辩的真实，犹如赫库兰尼姆或庞贝城①某处鲜活的细节。不过这里，全部变化都是渐进的，没有猛烈的突变，也没有遭受大灾大难；这里十分恬静，有一种温馨的特别魅力。

哪个雕刻家都会赞赏这样美妙的艺术形式：出于同样的动机，这种艺术却找到无穷变化，足能改变和更新我们的装饰艺术。

然而，岂止形式，还有值得关注的地方。繁茂的石珊瑚乔木林，展现了这些勤劳部族的能动性：这些巧妙的迷宫似乎在寻找一条线，这富有深意的游戏则象征植物生命和一切生命，这正是一种思想、一种受禁锢的自由所做的努力，小心翼翼地探索希望的光明——年轻的灵魂加入共同生活时可爱的闪念，但还是轻轻地，不焦不躁，温文尔雅地寻求解放。

---

① 赫库兰尼姆和庞贝城：两座意大利古城，分别位于那不勒斯东南 23 公里和 8 公里。公元 79 年，维苏威火山爆发，熔岩和火山灰将这两座城市以及邻近的斯塔比奥埋没焚毁。1748 年开始发掘，1860 年开始研究发现的古迹。

我家里有两株这样的小树，同一种类，但是有所不同，在植物中无与伦比。一株纯白色，毫无瑕疵，好似没有光泽的大理石，完全是个多情种，每根枝又分枝杈，挂满花蕾、芽苞、小花，从来就不会讲；够了。另一株，没有那么白，但更加密集，每根枝都包含一个世界。两株珊瑚树都令人赞叹，既相像又不同，体现出纯洁与博爱。啊！这颗童稚而可爱的灵魂，制造了这种梦幻，谁能告诉我它的秘密！我们感到它还在徘徊，这颗受禁锢的自由灵魂，喜爱这种禁锢状态，既向往自由，又不想完全如愿。

这些美妙的造物，艺术本可以大加利用，但是迄今为止并没有抓住。大自然的美丽雕像，立在巴黎植物园门口，她的周围本应簇拥着这些造物。我们要表现大自然，就应当将她完全置于无比辉煌灿烂的仙境中，因为这两者从来就形影不离。必须毫无保留，用大自然的所有天赋，给她建造山一样高的雄伟的宝座。她的第一批儿女，脑珊瑚，很幸运埋在下面，连同它们洁白的繁枝、蟠曲状和星状的形体，全充当基础。在上面，它们的妹妹，以其波浪似的形体和发丝，铺了一张温馨的活床，深情地爱抚并轻柔地拥抱神圣的母亲，伴随她永远生育的春梦。

在描绘大自然的这些情事方面，绘画也并不比雕刻更为成功。绘画出来有生命的鲜花，就好像自身开放的花朵，说到底，这是些千变万化的颜色。而彩雕只是提供色调的极贫乏的概念。不管怎么努力，这些艺术作品的色调总是很平板，很苍白，始终不能再现那种柔情蜜意、那种灵动曼妙、那种脉脉温情。釉彩，如果像贝尔纳·帕利西①那样尝试使用，在作品上也总是显得生硬而冰冷，适于绘制爬行动物，以及鱼鳞，可是

---

① 贝尔纳·帕利西（1510—1589）：法国制陶师和作家，主要从事用釉彩制作粗陶器，曾探索过中国白釉的生产奥秘，著有《黏土的艺术》。

对于甚至连皮肤都没有的这些软体小动物，釉彩就未免太光亮了。海葵表露在外的许多小肺、真蛸漂浮的云雾状的轻网、水母下面波动的敏感的发丝，这些都不仅柔妙，而且令人怜爱。它们形态各异，既纤巧又朦胧，却显得温暖，就仿佛一股气息变得可见了。您会看到一只虹类原生动物眨着眼睛。对它们而言，这是严肃的事情，这是它们的血液，它们柔弱的生命所显示的色调、反光，这些光彩变幻不定，或鲜明，或苍白，轮番吸气并呼气……要当心，不要扼杀默默漂浮的小灵魂：须知它能告诉您一切，能在这种悸动的色彩中，向您呈现它自身的秘密。

色彩存活不久，大部分融化而消逝了。就连石珊瑚，也仅仅留下它们的基础，让人以为是无机物，而其实，那不过是凝聚的、强化的生命。

妇女在这方面比我们男人敏感，轻易不会看错：她们隐约感到，这样一棵珊瑚树，一定是个活物。从而就自然有一种偏爱。科学再怎么证明这不过是一块石头，后来又证明这不过是一棵树，都无济于事，她们就是觉得是别的什么东西。

"夫人，您喜爱这棵红色不正的树，为什么要超过所有宝石呢？"

"先生，这种色调适合我。红宝石把人显得苍白。这珊瑚红，没有光泽，不那么鲜艳，更能衬出白色肌肤。"

她说得有道理。这两件东西相近似。在珊瑚中，就像在嘴唇上和面颊上那样，是铁显示的颜色（沃格尔语）。铁使嘴唇发红，使面颊粉红。

"可是，夫人，这些亮晶晶的宝石无比光滑呀。"

"对，不过，这个更柔和，像肌肤一样柔和，还保留着暖和气儿。我一戴上两分钟，就成为我的肌肤，成为我本身了。我同它也就不再区分了。"

"夫人，还有更漂亮的红宝石。"

"博士，就给我这件吧，我喜爱。为什么呢？我也说不清楚……要不然，如果非要一个理由的话，说这样一条也可以，我真正的东方名字，就叫'血之花'。"

世界的建造者

....

　　我们的自然博物馆，里面的陈列厅太狭窄，但是不失为一座魔幻宫殿。拉马克[①]和乔弗鲁瓦所讲的变化之神，在博物馆中似乎无处不在。在底层的幽暗的展厅里，石珊瑚在默默地建造世界，而这世界在它们上面越建越高，越来越富有生命力。上面则是海洋的居民，已经进化为高级动物，组织机能健全了，准备到陆地上去生活。顶端则为哺乳动物。——在这一切之上，鸟儿，神圣的族类张开翅膀，似乎还在歌唱。

　　观众不大看石珊瑚，他们很快就从地球的这些前辈面前走过。它们这里阴冷。观众都往上走，趋向光明，趋向那么多光彩夺目的事物。螺钿珠光、蝴蝶翅膀、鸟儿羽毛，这些才让观众迷恋。我却久久停留在底层，往往独自一人，呆在幽暗的小展厅。

　　我喜爱大教堂的这间地下室[②]。我在这里更容易感受神圣的灵魂、我们的主宰现时的精神、超凡的努力，以及从这里启程的旅行者不朽的胆量。不管它们的尸骨丢在什么地方，它们

---

　　① 拉马克（1744—1829）：法国生物学家，进化论者，他认为所有生物均由原始的小体进化而来。他首先使用"生物学"一词（1802），发表三卷《法国植物志》（1778）。他修改了林奈混乱的低等动物分类体系，1801 年发表《无脊椎动物的系统》，后又发表《无脊椎动物自然史》。1809 年发表《动物哲学》，提出动物器官用进废退、环境影响遗传两条定律。达尔文的《物种起源》发表后，拉马克的理论成为争论焦点。晚年双目失明，贫疾而终。

　　② 天主教堂的地下室，一般都是墓室。

却因为付出了生命，提供了珍宝而留在博物馆中。

且说 10 月 1 日那天，我逗留晚了一些，颇为费力地阅读石珊瑚的标签。靠近门口有一块牌子，我看到上面写着"拉马克"的名字。

我心里感到一阵温暖，油然而生一种虔敬。

伟大的名字，但早已作古！就好像在圣德尼的墓地，看到克洛维①的名字。他的那些继承者的荣耀、他们的王国、他们的辩论，就使这个把我们从一个世纪带进另一个世纪的人变得模糊，推向久远了。然而正是他，自然博物馆这位盲荷马，出于天才的本能，创立、组织、命名了"无脊椎动物"，这是当时人们还不大了解的门类。

一个门类？不然，这是个世界，是半组织的、尚无脊椎的软体生命的渊薮。而脊椎，正是动物骨骼的集中化，正是个性的主要支柱。无脊椎动物尤其引起人的兴趣，只因它们显然是整个动物世界的开端。卑微的族类，一直被人忽视。列奥米尔将鳄鱼划入昆虫类。深负盛名的布封伯爵，甚至不屑于了解这些小动物族群的名称；他为大自然建造的雄伟的凡尔赛宫，也将小动物族群排除在外。这些默默无闻的伟大族群，填满了一切，准备了一切，却处于混乱状态，被科学流放，要一直等到拉马克出面解决。那此被允许进入科学殿堂的种类，比起前辈来，可谓小巫见大巫了。如果从数量上来判断，可以说是被忽略和排斥的，被拒之门外的，正是大自然本身。

生物变化的天才刚刚被植物学与化学所解放。拉马克在植物学领域度过一生，别人却把他拉来，强迫他教授动物学，这真是既大胆，又硕果累累的一件事。这位热忱的天才，生来就

① 即克洛维一世（465—511）：法兰克国王，建立法兰克王国，并成为全高卢国王，也是第一个信奉天主教的蛮族国王。死后，王国由他四个儿子瓜分。

是为了植物的变化创造奇迹的，他深信生命的统一性，将动物和大动物，将地球从人们坚持的僵化状态中拉出来。他从形式到形式，建立起精神的流通。他已经半失明，还摸索着，坚忍不拔地触及上千种明眼人还不敢接近的事物。至少，他投入了火一般的热情。乔弗鲁瓦、居维叶和布兰维尔都感到，这些事物是温暖的，都有生命。"一切都是活的，或者当初是活的，"拉马克说道，"一切都是生命，现时的或过去的生命。"革命性的巨大努力，反对物质无活力的观点，甚至进而要取消无机物。任何物体都不会完全死亡。已经活过的事物，可能进入睡眠状态，生命潜伏起来，等待着再生。谁真正死去了呢？绝对没有。

这句话不啻一阵大风，吹得十九世纪满帆航行。轻率与否，反正把我们吹到从前不敢想象的地方。我们开始调查研究，叩问每件事物，历史的或自然史的："你是谁？""我是生命。"在科学的目光下，死亡逃之夭夭。精神战无不胜，迫使死亡节节后退。

在这些复活的事物中，我首先看到我这些石珊瑚。此前的死石头，粗糙的石灰岩，忽然有了生命的意义。拉马克将它们收进博物馆中，进行讲解，大家才窥见它们活动的秘密、它们无比巨大的创造。大家从它们身上得知，世界是怎么创造出来的。大家开始猜想，如果说大地创造动物，那么动物也创造大地，这两者都履行了创造对方的职能。

动物性无处不在。动物充满各处，遍布各处。甚至在这些矿石里，能发现动物的遗骸或足迹，例如，经过极具毁灭性的烈火熔炼的大理石、方解石。在认知现时中每走一步，都会发现动物生活的一段深厚过去。自从有了显微镜，能观察到纤毛虫的那天起，人们就看到纤毛虫造起高山，也看到纤毛虫铺满海底。硅藻土的坚硬燧石，正是原生动物的聚合体，海绵也是一种有生命的燧石。我们的石灰岩也无不是动物。巴黎是由纤毛虫建造起来的。德国的一部分，就坐落在一片如今已经填平的珊瑚海上。纤毛虫、珊瑚虫、甲壳动物，都是石灰质、白垩。它们不断地从海中吸收石灰质。然而，鱼吞食珊瑚虫，把珊瑚虫变成白垩，将白垩还给海水。珊瑚海在生育，隆起和运动中，在它不断升高或降低的构建中，在筑造、坍毁、再筑造的过程中，就成为巨大的石灰岩工场，在两种生命之间轮回：今天活跃的生命，可待明天活跃的生命。

福尔斯特①看到，非常清楚地看到（有人错误地否定），那些圆形的岛屿是由珊瑚虫加高的火山口。作任何相反的假设，都无法解释为什么形状如此一致。每座岛屿都呈小环状，直径约一百步，非常低矮，外围被波浪打平，但是里面却围住一个平静的小盆地。盆地里稀疏长着三四种植物，形成一顶绿冠。盆地里的绿水美极了。环带白细沙（珊瑚虫解体的残骸），同大洋的深蓝色形成鲜明的对照。我们的工人在咸水的深处劳作。它们因种类或性格不同，有的更大胆则建造岩礁，而胆小和善的就建造平静的海岸。

岛屿世界颇为单调。请等一等。风、潮流，在致力给这个世界添彩。只需一场像样的风暴，临岛就会让这个岛屿富起来。这是风暴的一种绝妙的功能。风暴越大，越猛烈，旋风卷起所有东西，也就越能让海岛富饶。一场龙卷风经过一座岛屿；由龙卷风引起的湍流，裹挟着河泥、残骸，死的和活的植物，甚至拔掉整片树林，黑乎乎的浪涛泥沙俱下，闯进大海，浪涛推涌，很快将这些礼物分赠给附近的岛屿。

生命的一个伟大使者，最容易运送的一种，就是坚硬的椰子。椰子不仅能旅行，就是被冲到岩礁上，别的植物都会死

---

① 福尔斯特（1754—1794）：德国探险家和科学家。他与父亲应邀陪同库克船长，进行第二次环游地球的航行（1772—1775），他记述旅程的《环球旅行记》（1777），是一部集旅行、科学和文学为一体的作品，确立了他在德国最先进的思想和完美的文体家的地位。他别的著作还为中国南海的科学知识作出贡献。

掉，只要有点白沙，它也能随遇而安。即使碰到任何草木都不喜爱的咸水，椰子也当做淡水饮用，在那里生活，在那里扎根，发芽，生长，长成一棵树，一棵强壮的椰子树。一棵树，就意味淡水，残骸就变为土壤。这就能邀请别的树木来落户，不久就会看到棕榈树了。树木拦截下来的水蒸气化作溪流，溪水在岛子中央流淌，在白色环带里保持一块领地，而咸水居民珊瑚虫也不进犯。

现在已经了解，珊瑚虫的工程进展神速。在里约热内卢，小船仅仅停泊四十天，就让筒螅类动物占据，完全覆盖住看不见了。在澳大利亚附近一个海峡，从前有二十六座小岛，现在公认的就有一百五十座了。英国海军宣称岛屿数量还要多，再过二十年，四十法里长的海域就无法航行了。

澳大利亚东面岩礁绵延三百六十法里（有一百二十七法里不间断）。新喀里多尼亚①的岩礁，延伸一百四十五法里。太平洋中的群岛，宽有一百五十法里，长达四百法里。单单马尔代夫列岛，首尾几乎五百英里长。还应补充一句，法兰西岛②的沙洲、红海浅滩，都在不断地升高。

帝汶岛及其周围，呈现出一个动物爆满为患的世界。只要一抬脚步，就能踩着活物。岩石形状怪异，五光十色，见了令人惊奇，让人目眩。您会看到在数法里范围的海域，在水里不深处（也许才一尺深），那些活物在静静地劳作，积极地坚持它们的创造本业。

头一位聪明的观察家，就是库克船长的旅伴福尔斯特，他发现珊瑚虫都在忙碌，看到它们在宏伟的协作中，悄悄地建造数以千计的岛屿，建造列岛，逐渐地连成一片大陆。

这种场面就在他的眼下进行，犹如世界初创时的情景。地

---

① 新喀里多尼亚：位于太平洋，隶属英国。
② 法兰西岛：巴黎附近地区，原为大革命前的地名。法兰西岛是法兰西王国的发祥地，是政治权力的中心。

心火从深海拱起一个圆顶，一个圆锥体；圆顶裂开，喷出岩浆，过一段时间便形成圆形的火山口。火山的力量最终要耗尽，温暖的火山口逐渐覆盖了有生命的胶冻，是原生动物和珊瑚虫：它们不断排出黏液，加高火山口圆谷，直到临近海面；不会高出水面，因为它们会被晒干，但是也不会太低，因为它们瞄准了阳光。如果说它们没有专门接收阳光的器官，但是阳光却能照透它们。赤道的烈日，光线穿过它们透明的小躯体，对它们似乎产生一种不可抗拒的磁性吸引力。当海水落潮时，它们暴露出来，但还是照样张开，畅饮灿烂的阳光。

杜蒙·杜尔维尔①经常沿着那小岛海岸航行，他说道："靠近前看到这谷地如此宁静，看到四周水下不深处，突出的岩礁上布满十分安全的珊瑚，而自己却完全暴露在风暴之中，这简直是一种奇特的酷刑。"这个可爱的世界就是一座岩礁。您碰一碰，就会粉身碎骨。海水透明，您看到一百英寻绝壁的深渊。您不要以为下了锚就保平安无事了。任何缆索都要磨损，很快就会被割断。长夜漫漫，身在船上极度不安，南大洋的涌浪，将您推上这些锋利的刀山。

然而，对于这种指控，礁石无辜的制造者也不乏反驳的理由。它们说道："给我们时间吧。这些边缘会渐渐磨得圆滑，变得好客了。容我们去做吧。礁石与邻近的礁石连起来；就能消除这种可怕的旋涡。我们给你们创建一个备用的世界，以防你们的世界可能毁掉。假如你们遭到灭顶之灾，你们也许会感激我们的，假如真像有人所讲的，每过万年，海水就要从地球一极灌到另一极。到那时，不幸中你们会感到万幸，能找到我

---

① 杜蒙·杜尔维尔（1790—1842）：法国航海家。1822 年参加环球航行，以后又多次远航，甚至前往南极洲，测绘了大量海图岛屿，带回大量植物标本和岩石标本。

们南大洋这些岛屿，我们所建造的避难所。"

"应当承认，"它们又说道，"即使有些船只不幸失事，我们在这里的工程也是有用的，既有益又伟大。我们临时建造起来的世界，有几点还能引以自豪。且不说这个世界绚烂的色彩有多美，足以抹杀大地的颜色，且不说我们所喜爱的弧线、圆环有多优雅，那么多阻挡你们的难解的问题，在我们这里似乎都找到了解决办法。工作分配，在大的规划中保持迷人的多样性，一种几何的秩序，却像一种新生的自由那样高雅，在你们人类那里，什么地方能找到这些呢？

"我们不停地劳动，为了减少海水中的盐分，制造巨大的潮流，而海水流动就有了生命，创造有益于健康的环境。我们是大海的精灵，推动海洋运动。

"大海也的确没有忘恩负义，及时提供给我们营养。当然，温暖的阳光爱抚我们，为我们装饰了五花十色，这也是不容置疑的。我们是上帝的宠儿，是上帝得意的工人。上帝委派我们建造大千世界。这个地球上的所有后生，无不需要我们。我们的朋友，高大的椰子树，在我们岛上开创大地的生命，但是只有向我们要求粉尘，以便吸收营养水分，才可能成功。植物生命，说到底，就是我们慷慨的遗赠，一种馈赠，一种施舍。植物生命有了我们的丰富营养，再供养高级生物。

"然而，为什么要有别种动物呢？我们就是一个完整的、和谐的世界，就足够了。生物圈可以在我们这里封口了。上帝通过我们给他的岛子加冕。他在从前火山的基础上，又造了一座生命的火山——还要好，这块乐土生机勃勃。上帝有了想要的东西，现在就要去休息了。"

还不够，还不够。有一种创造力要超越你们的种类，这是你们不应害怕的事。这一竞争对手不是暴风雨，来了暴风雨你们敢于面对；也不是淡水，你们就在淡水旁边建造。甚至不是土壤，尽管土壤逐渐侵占并覆盖了你们的建筑。这另外一股力量，究竟在哪里？在你们自身。不是所有珊瑚虫都安分守己。

在你们的共和国中，有的就不安分，说这种植物性的生活再完美，也算不上生活。它梦想另外一种生活：独自去航行，去见识陌生的事物、广阔的天地，借助偶然的海难，产生某种潜在你们身上，要在它身上显露的东西：

　　这便是灵魂。

鱼

....

  大海，自由的元素，迟早要为我们创造出一种像它的生物，一种滑溜溜、波浪形、流动状、出奇自由的生物，一副流水的形象，但是它这绝妙的灵活来自内部的一种奇迹，因而活动性更强：所谓内部的奇迹，就是一个精妙而有力、极富弹性的中心机体，是迄今为止任何生物都绝难比拟的。

  用肚腹爬行的软体动物，就是土地的可怜奴隶。章鱼，那么骄傲，那么臃肿，还能发出鼾声，也不过是偶然性的奴隶，既不会走，游泳又很糟糕，如无抓住猎物就不放的强大力量，就不可能存活了。好战的甲壳动物，从最高级到最低级，是所有动物恐惧和嘲弄的对象，成为最弱小动物的奴隶、猎物，甚至玩物，都要陆续地死掉。

  巨大而可怕的奴役：我们如何摆脱呢？

  自由寓于力量之中。生命刚一起源，就开始探索，寻求生命的力量，似乎隐约地向往未来生物创造，会有一个轴心，造出独一无二的物种，运动起来力量陡增千倍。辐射动物①、软体动物，都有这方面的预感，做出了初步尝试。然而它们过于分心，因抵御外界问题而自顾不暇。外壳，始终是外壳，成为这些可怜的生灵摆脱不掉的忧虑。这个种类也产生了杰作：球状带刺的海胆、贝壳能张能合的鲍鱼，最后发展成关节能活动

————————

  ① 辐射动物：旧分类名称，指靠肢体分裂繁殖的腔肠动物、棘皮动物。

的坚甲，防卫臻于完美，又有可怕的攻击力。还要什么呢？还能添加什么呢？似乎无可增进了。

无可增进了？不然，无不可增进。但愿产生一种运动型的动物，自由而果敢蔑视，诸如残疾和迟缓的所有生灵，认为外壳是次要的，力量集中在本身。

全身甲壳的动物；外观就像一副骨头架子。鱼则将骨头置于中心，置于体内，在轴心上，而神经、肌肉，所有器官，都将附着其上。

这似乎是荒唐的发明，悖于情理：将坚硬的、结实的组织，恰恰置放于完全由肌肉保护起来的部位！骨头，在外面那么有用，却放到体内深处，用不着其坚硬性的地方！

甲壳动物头一次看到这样一个动物，一定会发笑：一个软软的、胖胖的、短粗的动物（印度洋中的鱼），试着一动又溜又滑，既无贝壳，又无坚甲，毫无防御能力，力量完全蓄于体内，外面仅仅有黏性的流线型、分泌出的黏液来保护，后来，这种表皮才逐渐固定为有弹性的鳞片。鳞片是柔软的甲壳，能随意弯曲，必要时就脱落，但全身却安然无恙。

这是一次革命，类似古斯塔夫斯－阿道尔夫①减轻士兵铁甲的革命：他取消沉重的铁铠甲，只让士兵穿上紧身麂皮护胸甲，这种皮革既坚固，又轻便柔软。

大胆的，但又明智的革命。我的鱼，不再像螃蟹那样，囚在甲胄中，从这种护甲的禁锢状态中解放出来，而在"蜕变"期间，要尽力，消耗大部分力量，非常虚弱，面临危险。这种蜕变是渐进的，异常缓慢，如同人和大型动物的进化。鱼积蓄，聚敛生命，自造出宝贵的强大神经系统，有许多神经纤维通向刺和大脑，发出报警声，产生反响。鱼即使在没有骨头，

① 古斯塔夫斯－阿道尔夫，即古斯塔夫斯二世（1594—1632），瑞典国王（1611—1632），在位二十余年，一直在征战，曾雄霸波罗的海，占领大部分德国。

或者骨头很软的状态，仍然保持雏形，但是由于丰富密集神经纤维，丝毫不减高度的和谐。

鱼没有爬行动物和昆虫那些华丽的弱点：爬行动物和昆虫过于细长，就像一根线，随便在什么部位都能切断。鱼也像它们那样分节段，但是节段隐藏在下身，守护得很好，借以伸缩身体，又不冒容易被肢解的危险。

鱼也像甲壳动物一样，重力量而轻美观，为此还消除了脖颈。头与躯干连成一体。力量的出色原则，适于劈开水；一种如此容易肢解的构造，只有冲击得迅猛，才会有千百倍的冲击力。因此，鱼就是一支投枪、一支利箭，快如霹雳。

墨斗鱼体内的骨头，只是不成形的一整块，而鱼骨则是个庞大的体系，"一体""但又非常复杂"——一体是为了协调力量——复杂是为了灵活机动，适应肌肉，伸缩灵便，就随意活动了。鱼的这种形状，真是奇迹，名副其实的奇迹：外观如此紧凑，内里承接又十分灵动，肋骨纤细又特别柔软（西鲱鱼、大西洋鲱鱼），系着动力的肌肉，轮番推动流线体。因此，鱼暴露在体外的仅有附属的桨，没有多大风险的短鳍，而且尖利又溜滑，能刺伤，躲避并逃逸。这样的肌体远比章鱼或水母高级；章鱼和水母软绵绵的触手，遇有任何进犯者都首当其冲，正是甲壳动物和鼠海豚口中的美餐。

总而言之，鱼是真正的水之子，同它母亲一样灵动，借助黏液滑行，用头劈开水流，收缩（脊椎骨和柔软肋骨上的）肌肉冲击，再有健壮的鳍推力，便能劈风斩浪，向前游行了。

这些力量有一点点就足够了，而鱼集所有这些力量于一身——绝对的运动型。

从需要"停落"这个意义上讲，甚至鸟儿也不如鱼机动。鸟儿夜晚要栖息。鱼儿从来不停歇，就是睡觉也还在漂浮。

机动到如此程度，同时又极其健壮，极富生命力。哪里见到水，就一准儿能找见鱼；这是遍布地球的生物。在中科迪德勒拉山脉和亚洲山脉上，海拔最高的湖泊里，空气十分稀薄，什么生物也存活不了，那里一片荒寂，惟独鱼还执意地活着。那是鮈鱼，一种红色鱼；它们看到整个大地都在下面，应当引以为自豪。同样，在深海压力极大的地方，还居住着鲱鱼、鳕鱼。福布斯①将海洋上下划分为十层，在每层都发现了居民，以为最深一层特别黑暗，还是发现一种鱼，长着令人惊叹的眼睛，因而看得见周围，在我们以为是长夜的地方找到了足够的光亮。

鱼的另一种自由。不少种类，如鲑鱼、西鲱、鳗鱼、鲟鱼等，同时能接受淡水和海水，定期从一种水域到另一种水域。好多家族既有海水种类，也有河水种类，例如鳐鱼、鲈鱼。

不过，这种极其自由的生灵，也受一定温度、一定食物、一定习性的限制和囚禁。暖流海域，对极地种类好似一道墙，难以逾越。同样，热带鱼种类，也被好望角的寒流挡住了。现在我们知道，仅有两三种鱼以四海为家。大多数为近海鱼，留恋一定的海岸。美国沿海鱼种，与欧洲的就绝不相同。还应指出，一些特殊的口味，虽然不能绝对控制，却也能留住它们。花鳅在泥水中游动，而箬鳎鱼爱在沙底，杜父鱼匍匐在浅滩，海鳗喜欢呆在岩石上，鲐鱼喜爱沙岸，鳞鲀则停留在水不深的石珊瑚底。鲉鱼时而游动，时而飞起来；它被鱼追逐时，就冲出水面，在低空飞行，如遇海鸟猎杀，就立即潜入波涛中。

俗谚说："如鱼得水"，表达了一个真理。就像一个气球，多少有些负载，也就多少有些重量，风平浪静时，能潜水自由航行。鱼就是这样，在水中自由荡漾，可以睡觉，也可以游走。起伏波动的海水，既拥抱又将鱼隔离，让鱼皮和鳞片溜滑而不透水。鱼的体内则变化不大，差不多保持同样状态，温度既不太低，也不太高。鱼的生活如此舒适，比起我们陆地居民

---

① 福布斯（1815—1854）：美国博物学家，生物地理学领域的先驱者，他考察并研究地质变化与动植物分布的关系，著有《大不列颠软体动物生活史》等。

所过的生活，差异有多么可怕啊！我们每走一步，路都崎岖不平，要碰到障碍。艰难的大地，在我们的路上置放石头，使我们疲惫，耗尽体力，让我们不断地上坡，下坡，再上坡。气候也随季节变化，往往非常严酷。雨水，寒冷的雨水，一连几天几夜，无情地下个不停，将我们淋透，把我们冻僵；有时还下冰雹，尖利的晶体将我们包围，打在我们头上，令我们瑟瑟发抖。

鱼的幸福生活，可以说十分美满，在热带表现为色彩的斑斓，在北方则体现在运动的力量上。在大洋洲和印度洋一带，鱼儿嬉戏，游荡，形体千奇百怪，装饰也无比美妙；它们在珊瑚之间，在鲜花上面欢乐嬉玩。我们的寒带和温带的鱼，都是大帆船、划桨健将、真正的航海家。它们修长的流线体形，赛似疾飞的利箭。它们完全可以教导任何造船师；有几种鱼的鳍多达十个，能随意做桨当帆，全部张开，或者部分收拢。鱼尾是神奇的舵，也是主要的桨。最善游泳的鱼，尾巴是分叉的，那是整个鱼脊的终端，连着肌肉，推动鱼身前进。

鳐鱼长两只巨大的鳍，还长两只大翅，能够击水。鳐鱼尾巴很长，十分灵活机动，能当做武器击打，当做鞭子劈开惊涛骇浪。鳐鱼躯体细长，稍许挤开点水，偏斜着疾驶，这样很容易就浮起来，用不着支撑厚实躯体的鱼鳔。可见，所有鱼的器官都适应环境。箬鳎鱼躯体呈扁平的椭圆形，以便在沙中滑动。海鳗为了在水底泥沙上盘曲，就长成蛇的形状，一条长带。鲛鳒生活一定离不开礁石，它们的鳍，更像青蛙而不是鱼。

鸟的感官是视觉，鱼的感官是嗅觉。隼盘旋在云端，目光能射透幽邃的空间，看见几乎不可见的猎物。同样，鳐鱼在幽深的水下，一嗅到猎物诱人的气味，便警觉而游上去。在这昏暗的世界，幽微的光极易产生错觉；鱼只能依赖嗅觉，有时还依赖触觉。有些种类，例如鲟鱼，在泥沙中觅食，触觉就特别敏锐。鲨鱼、鳐鱼、鳕鱼（眼睛大而分在两侧），视觉不好，主要凭嗅觉和触觉。鳐鱼的嗅觉就异常灵敏，有时不得不用小网封住，消除这种能力；否则的话，嗅觉总是搅扰，会影响大脑。

除了这种猎食的能力，鱼还有特别锋利的牙齿，往往呈锯齿状，有些鱼种还长好几排，布列在前颚、口腔和喉头部位。甚至舌头也布满细齿。这些牙齿很细，容易折断，但是口腔深处还有，前齿折损由后齿替代。

第二卷①开篇就讲过，大海必须生出这些可怕的鱼类，这些强大的毁灭者以便消灭过剩的繁殖，治愈大海本身奇特的多育症。死亡，这个救护的外科医生，用持续大量放血的方法，减轻可能要海洋性命的多血症。海洋中繁殖的一代代生物的洪流、鲱鱼的大潮、数以兆亿计的鳕鱼卵，多少可怕的繁殖机器，十倍百倍地增加，很可能要填满海洋，扼杀大自然，海洋便进行自卫，尤其启动死亡机器、鱼这种武装巡游者快速吞没。

蔚为壮观，宏伟而惊心动魄。死神与爱神这种全方位的搏斗，在大地似乎根本难与深海相比。海洋，以其不可思议的巨大，发起威来令人万分恐惧，然而仔细观察就会发现，海洋非常和谐，保持一种令人惊异的平衡。这种发威必不可少。物质的这种更换，极其迅疾（令人目眩），这样大量死亡，正是生命的保障。

绝无悲惨的景象，海洋似乎完全笼罩着一种原始欢乐的气氛。海洋生活交织着两种力量，彼此仿佛激烈地残杀，而这样的生活却产生出一种优越的健康环境、一种无与伦比的纯洁、一种残酷的绝美。无论在生者还是死者中，海洋都同样取胜了。这两者她并不多加区别，只是赋予，再收回电流、光亮，从中获取这种电光石火的游戏，而无穷无尽的淡淡闪光，制造

---

① 《海》全书分四卷，共三十四章，因选择而未编序号。

海中幽幽的幻景，一直延至极地的夜空下。

大海的忧郁，并不在于她大肆杀戮还满不在乎，而是在于她无力协调进步与过度运动的关系。

她比大地富有千百倍，繁殖也快得多。她甚至在创立并建造。大地增长（从珊瑚可以看出来），也还是借助于海洋；因为，海洋无非是正在劳作，正在积极生育的地球。在这种快速繁殖中，她碰到的唯一障碍，就是她太低级，虽然繁殖力极强，却难以生成爱神。

想一想就不免忧伤，大海亿万亿万居民，还只有十分朦胧的、最简单的、没有个性的爱情。这些芸芸众生，无不游上水面，朝拜幸福和阳光，向未知的艳遇，大量提供它们的最好部分，它们的生命。它们也有爱，但是永远也不会知道它们梦想、渴望寄托爱的对象。它们只是生育，从来就没有在后代身上找到再生的那种幸福。

少数，极少数，最活跃、最好斗、最残暴的鱼类，才有我们这种方式的爱情。雄鲨鱼和雌鲨鱼是非常危险的怪物，它们就不得不相互亲近。天性使然，它们拥抱是非常危险的。接吻既可怕又可疑。鲨鱼习惯于吞噬，盲目地吞下一切（动物、树木、石头，无论什么），然而这次，真是令人惊叹！它们却一反往常，不管觉得对方怎么美味可口，它们的锯齿，致命的牙齿彼此接近，也都安然无恙。雌鲨那么大无畏，任凭雄鲨鱼纠缠、控制、频频猛烈地钩住它。而结果，雌鲨鱼并没有被吞掉，而是吸引住、带走雄鲨鱼。这些发狂的怪物能滚斗相恋数周，尽管饥饿也不愿分离，即使暴风雨也拆不开，它们粗野的拥抱无法克制，又坚定不移。

据说两条鲨鱼分开之后，仍然相爱追逐，钟情的雄鲨鱼一直依恋这个温柔的对象，伴随它直至分娩，又爱这个推定的继承者，它们这场婚姻的唯一结晶，而且永远、永远也不会吃这条小鲨鱼。它跟随并看护这个爱的成果，如有危险，这位出色的父亲就把小鲨鱼吞到口中，把它放到阔大的口腔里，把它保护起来而不是消化掉。

海洋的生活，如果说还有一种梦想、一种心愿、一种隐约的渴望的话，那就是想安定下来。雄鲨鱼那种狂暴的、专横的方式，那种用钢牙咬住、钳住雌鲨鱼的凶狠，它们结合的那种疯狂，给人的印象正是绝望者的一场爱情。的确，谁晓得别的种类，温和而适于家庭生活的鱼种，不是因为无力结合，不是在风浪里永无目的地漫游而惆怅呢？海洋的这些孩子，完全爱上了大地。许多鱼种溯河流而上，远离开暴风雨，接受十分贫乏、毫无营养的淡水，寄托它们后代的希望。至少，它们又靠近海岸，寻找曲折的小港湾。它们甚至变得灵巧了，试图用沙子、泥土、草茎做成小窝。这种努力令人感动：它们根本没有昆虫的工具，动物技艺的奇迹。它们天生的条件还不如鸟类。没有手，没有足，也没有喙，仅仅靠可怜的躯体，孜孜不倦，才聚起一把草茎，在里边穿来穿去，直到形成一个草团（科斯特论刺鱼）。然而，多少事情都是阻碍啊！雌鱼又瞎又贪食，总打扰这种劳动、威胁鱼卵。而雄鱼则不离左右，守护保卫鱼卵，表现出的母爱胜过母亲本身。

好多种鱼都表现出这种本能，尤其最低微的鱼种，如一种小鱼，叫缎虎鱼，既不美观，也不好吃，连钓鱼的人都瞧不上眼，钓上来也扔回水中。然而，正是这末等的鱼，却是温柔的父亲，虽然那么弱小，天生条件极差，却非常勤劳，不失为灵巧的建筑师、筑巢工人，它仅靠意志，靠温情，终于造成护婴摇篮。

可是，看到这样用心的努力没有完全达到目的，这种生灵初显艺术的冲动就被自然造化制止了，这实在令人叹惋。人们陷入遐想，感到水的世界不能自足了。

伟大的母亲，你创始了生命，却不能引领到底，那就允许你的女儿大地，继续已经开始的事业。你看到了，就在你的怀里，在神圣的时刻，你的孩子就向往大地并定居；它们登上

岸，向大地致敬。

你再以出人意料的奇迹，创造新的生物系列：宏伟的雏形，有血有奶、温暖而多情的生命，加入陆地种类的行列谋求发展。

鲸

　　"渔夫在北方海域，夜晚迟归，看见一个岛子，一块岩礁，好似一个山头，一个庞然大物在波浪上漂浮。他抛上去锚……那岛子逃走，还带走渔船。那岩礁却是海中怪兽。"（弥尔顿①）

　　这种错误再自然不过了。杜蒙·杜尔维尔也曾看走了眼。他远远望见岩礁，周围有漩流。再往前行驶，就看见一些白点，显然是一块岩石。那周围有燕鸥和风暴鸟，即海燕飞旋，嬉戏并飞落。那岩石露出水面，古老而威严，一片灰色，披满了贝壳和石珊瑚。然而，那岩石在移动，顶上还喷起两大柱水，表明那是醒着的鲸鱼。

　　另一个星球的居民，如果乘气球降到我们星球，从高空观察地球表面，想了解是否有居民，观望一阵便会说："我在这里发现的唯一生物，个头儿还相当大，有一两百尺长；胳膊长不过二十四尺，但是尾巴很威风，足有三十尺长，很有气魄地拍击并控制海水，飞速前进，那么从容而威严，显而易见是地球的主宰。"

　　外星人还会补充说："很可惜，这个星球硬实的区域一片荒凉，或者只有微小的动物，由于太小而分辨不清。惟独海洋

---

　　① 弥尔顿（1608—1674）：英国伟大诗人，地位仅次于莎士比亚，以长诗《失乐园》闻名于世。他的著作与影响，在英国文学、文化与自由思想的历史中，都占有重要地位。

是居住区，生活着一个和善的种族。家庭在那里受到尊重，母亲深情地给孩子喂奶，虽然胳膊很短，但是在风暴中，总能设法搂住并保护自己的孩子。"

鲸鱼喜欢一起行动。从前在荒寂的海上，有人看见鲸鱼两条做伴，有时十一二条，大家庭一起云游。这些大船有时闪着磷光，十分壮观，喷起的水柱高达三四十尺，在极地海域就像升起的烟柱。它们很好奇，平静地靠近观看船只，以为是新种类的兄弟。它们显得很高兴，热烈欢迎新成员。它们在游戏中，身子直冲起来，再高高地跌落，发出巨大的声响，击出一个旋涡的深渊。它们又亲热又随便，甚至触碰舰只、小船。这种信赖非常冒失，往往受到极其残忍的欺骗！不到一个世纪，巨鲸种类几乎灭绝了。

鲸的习性、肌体，类似草食性动物。它们如同反刍类动物，有一系列的胃来消化食物，牙齿没有多大必要，它们也就没长牙。它们在海洋的活牧场很容易吃食：我是指胶质的墨角藻，肥大而鲜嫩，还指一层层的纤毛虫、一片片微生物。这类食物用不着猎取。它们也没有战事，就没有必要长成凶恶的巨颚和锯齿，这些死亡和刑罚的工具，是鲨鱼和许多弱小动物经过历代杀戮而获取的。鲸鱼根本不追捕（布瓦塔尔语），倒是食物顺着水流送到口中。它们无害而又平静，吞下去的那些生物，只是初具有机组织，未待生存便死去，处于睡眠状态就进入宇宙大变化的熔炉。

这种温和的哺乳动物同我们人一样，有红色血液和奶汁，但是跟上一纪的那些怪物则毫无关系，那是史前沼泽的可怕产物。鲸鱼是更为近代的动物，它们找到了洁净的水、自由的海洋和安宁的地球。

地球从旧梦中初醒，还记得充斥着蜥蜴鱼、飞龙、可怕的爬行动物的梦境；它走出愁云惨雾，进入和谐孕育的明媚的拂晓。我们的食肉动物还没有诞生。有一小段时间（大约几十万年），大地十分安宁而太平，出现了优异的动物（负鼠等），特别爱护幼崽，背着抱着，如果必要的话，还能送回肚子里。海上则出现了和善的巨鲸。

海洋里的奶汁、油质富足有余；她那温暖的脂肪已经动物化了，以异乎寻常的活力发酵，要进化为生命，于是膨胀起来，组成这样巨大的机体，即大自然的宠儿，天生力大无比，天赋优秀的品质，红艳艳的热血。红色血液也是首次出现。

这才是名副其实的尘世之花。所有血色苍白、自私而萎靡不振的动物，都相当植物化了，比较起这种鲜红血液沸腾、有怒有爱的豁达生命来，那就好像没有心脏。高级世界的力量、它的魅力、美丽，就是血液。有了血液，大自然就开始了崭新的青春；有了血液，才燃起欲望之火，爱情，而由男子延伸的家庭、种族之爱，又将给生命加上神圣之冕——怜悯。

而且，伴随这种美好的天赐，神经的敏感性也无限增加了。但是更容易受伤害，感受欢乐和痛苦的能力也大大提高了。鲸鱼几乎没有猎食的意识，嗅觉、听觉都不怎么发达，要完全靠触觉。鲸鱼厚厚的脂肪能防寒，但是根本经受不了撞击。皮肤组织细腻，明显有六种纤维，稍一触碰就会悸动并震颤。人们在鲸鱼身上发现的柔软奶头，正是灵敏的触觉工具。这样一种动物，因有充沛的红色血液而生机勃勃，就是考虑到庞大的躯体，鲸的血液按比例，也大大超过陆地的哺乳动物。鲸鱼受伤流血，一时能染红成片大海。我们是滴血，而鲸鱼则喷涌。

雌鲸怀胎九个月。它的奶微甜，很好吃，像人奶一样甜美。不过，雌鲸时刻要劈浪前进，乳头若是靠前，位于胸部，那么幼鲸就有遭受各种撞击的危险；因此，乳头就往下移位，长在腹部更为安宁之处。幼鲸躲在那里，水流已被劈开而受不到冲击。

船形，则是这样一种生活所固有的，必须束紧腰身，不能像孕妇那样宽松：孕妇是个令人赞叹的奇迹，生活端庄、稳定而和谐，完全融于温情之中，而海洋这位巨大的孕妇，不管多么温柔，也不得不全力对付波浪。再说，在这特殊的伪装下面，机体是一样的：同样形体，同样敏感。上面鱼身，下面孕妇身。

鲸鱼极为胆怯。有时一只鸟儿，就吓得它猛然下潜，腹部受伤。

鲸鱼做爱，要求条件很高，必须到一个非常幽静的地方。正如高贵的大象，要避开世俗的目光，鲸鱼也只喜爱荒凉的地方。幽会要去极地一带、格陵兰的僻静小湾、白令海峡的浓雾中，当然也去就在北极附近的温海。那片海域还能再找到吗？要去那里，必须穿越可怕的隘道，而每年冬季，冰层开合都改变隘道，就仿佛阻止再去似的。至于鲸鱼，大家认为它们是走冰层下面的黑路，从一片海域游到另一片海域。冒险的旅行。它们虽然有气囊，能坚持时间长一点儿，但是不得不每刻钟都要浮上水面换气，这就冒着极大的危险；厚厚的冰层只有少许气孔，万一不能及时找到，冰层极厚又极坚硬，无论有多大力气，怎么用头撞也不可能撞开。那就要淹死在冰层下面，如同利安得淹死在赫勒斯滂海峡①。它们不知道这个故事，大胆地钻进冰层，还是游了过去。

那里特别荒凉。就在一个死亡与沉寂的奇特舞台上，欢度火热生命的佳节。也许一头北极熊、一只海豹、一只青狐，成为目击者，但是它们敬而远之，小心地远远观望。场面上不乏水晶灯、枝形烛台、魔镜。蓝盈盈的水晶、冰山绝壁、明晃晃的冰柱羽饰、白皑皑的雪原，都是见证，都在四周目睹。

---

① 赫勒斯滂海峡：达达尼尔海峡的旧称。利安得是希腊神话传说中人物。美神阿弗洛狄忒的女祭司海洛爱上青年利安得，每天夜晚，利安得游过海峡与海洛幽会，海洛在塔上擎火炬为他引路。一次大风吹灭火炬，利安得淹死，海洛也跳塔自杀。

这需要极大的意愿，正是这一点使得这种婚礼又感人又严肃。鲸鱼没有鲨鱼那种专制的武器，没有主宰最弱者的那种关系。反之，它们溜滑的身子却把它们拆开，让它们疏远。它们不由自主地逃离，因为这种巨大的障碍而退却。而且，这样一种情投意合的相爱，就好像一场搏斗。猎鲸者声称目击了那种绝无仅有的场景。情侣欲火中烧，冲动起来，有时就垂直立起，如同巴黎圣母院的双塔，它们哀怨胳臂太短，还是极力拥抱。继而，它们无比沉重的躯体又跌落下去……听到它们的哀叹，无论熊还是人，都要仓皇逃开。

解决的办法不得而知。有人提出的办法，似乎也很荒唐。有一点确定无疑，就是在一切方面，做爱也好，哺乳也罢，甚至防卫，不幸的鲸鱼受双重的奴役：笨重的躯体和困难的呼吸。鲸鱼只能露出水面呼吸，留在水中就会窒息。这么说，鲸是陆地动物，属于陆地吗？根本不是。假如鲸鱼意外搁浅在岸边，那么它们就会被自身的肌肉和脂肪的巨大重量所压垮，器官就会衰竭，也同样会窒息而死。

鲸鱼生活在不能呼吸的海中，到了唯一能呼吸的空间，还是照样窒息。

一言以蔽之，这种宏伟的巨型哺乳动物的创造，只产生了一种不可能生存的动物。这是创造力第一次诗意的喷放：先是瞄准崇高的目标，然后才逐渐回到可能性、可持续性上来。这种令人赞叹的动物，有巨大的身躯和力量，有热血、美味的奶与和善，无不具备，只缺少生存的手段。它的问世，没有考虑这个地球的普遍比例，也没有考虑重力的严峻法则。它的下身白白长了巨大的骨骼，肋骨虽然粗大，但是不足以支撑自由而开放的胸脯。它一逃脱水中的敌人，又碰上陆地之敌：它被自己沉重的肺压垮。

鲸鱼出色的鼻孔、喷出高达三十尺的美妙水柱，这些都是一种机体还很幼稚的标志与见证。这个"气喘吁吁"的吹制工

山海经 SHAN HAI JING

鲸

（这一种类的真正名称），在奋力喷出冲天水柱时，似乎在呼号："大自然啊！为什么让我做奴隶？"

鲸鱼的生存是个问题，这种宏大的、但是失败的初创，似乎不可能长存。相爱要偷偷摸摸，那么艰难，哺乳要在风暴的惊涛骇浪中，面临窒息和沉溺的双重危险，生命的两大行为几乎不可能，却从英勇的奋斗和意志做到了！——何等恶劣的生活条件！

雌鲸每次只生育一头幼鲸，这已经很可观了。母鲸和幼鲸要穷于应对三件事：游动的劳累，哺乳，注定浮上水面呼吸！教育，就是一种战斗。幼鲸在大洋中扑打翻滚，当母鲸能侧过身子，它就好像在飞行中吃奶。母鲸在尽哺乳的天职中，那种冲动令人赞叹。它知道幼鲸吃奶稍微费点劲儿就松口。女人喂奶是被动的，任由婴儿吮吸；而母鲸却是主动的，抓住一点时机，利用一种活塞的强大压力，给孩子抛去一桶奶水。

雄鲸不大离开雌鲸，碰到凶狠的渔夫攻击幼鲸时，它们就会陷入极大的困境。幼鲸一旦被鱼叉击中，它们还紧紧跟随，极力救助，要把幼鲸拖走，奋不顾身令人难以置信；为了把幼鲸托上水面呼吸，不惜冒着被击中的危险。即使幼鲸死了，它们还是在保护它。它们本可以潜泳逃离，但仍然留在万分危险的海面，跟随漂浮的幼鲸的躯体。

鲸鱼遭遇海是共同的问题，原因有二。遇到风暴时，它们不能像鱼那样躲到平静的深水区。其次，它们不愿意分离，强者也认同弱者的命运，全家死在一起。

1723 年 12 月，在易北河入海口，有八条雌鲸搁浅，在它们的尸体旁边，人们发现它们的八条雄鲸。1784 年 3 月，在布列塔尼的欧迪耶讷，也出现同样场景。起先是鱼群、鼠海豚，惊慌失措地逃到海岸。随后就听见奇特的吼叫，十分可怖。那是一大家鲸鱼，被风暴推涌，它们挣扎，哀鸣，绝不愿意送命。在那里，雄鲸同样和雌鲸一起殒命。许多怀胎的雌鲸，抵挡不住无情的浪涛，它们和雄鲸一同被抛到岸上摔死。

两条雌鲸被抛在海岸产崽儿，它们尖厉的叫声好似产妇，那种绝望的哀号，就好像哭它们的孩子。

美人鱼

....

　　我上岸，现在到了陆地，我看够了，看了太多的毁灭，希望看到长久的种类。鲸类将来要消失。让我们压缩构思，而头一批乳儿的这种宏伟的诗意、奶水和热血，我们都完全保留，只是去掉巨型。

　　尤其保留温和、爱与亲情。这些天赐的品质，要妥善保留给更卑微，但是善良的种类：这两种元素将合成这些种类的精神。

　　大地的祝福已经感受得到了。脱离鱼的生活，好多事情，对于鱼类不可能，此后就很容易协调了。

　　因此雌鲸，温柔的母亲，就会搂抱自己的孩子了，但不是紧紧搂在乳房上：它的胳臂长得太靠上，而乳房，只能长在这艘活船的后部，新种类能在水中游，也能在陆地上爬行（海象、海牛、海豹，等等），它们的乳房就上升到胸部，以免拖在地上。我们看到出现女人的影子了，优美的形体和姿态，远远望去会给人造成幻觉。

　　事实上，即使近观，虽然少些白皙，少些魅力，但那确是女性的乳房；须知这个星球满怀爱与哺乳的甜美需要，在运动中复制了下面心脏的所有叹息。它要怀抱孩子，给孩子营养与安宁。而这一切，水中游的母亲却不具备。停下来的母亲，才有这种福气。家庭安居，内心感到的温情日益加深（进而言及社会），一旦孩子睡在母亲的怀中，这些伟大的事情就开始了。

然而，从鲸类如何过渡到两栖类呢？试着猜想一下。

首先，两者的亲缘关系是显而易见的。许多两栖类动物，还拖着鲸鱼那样沉重的尾巴，成为它们的巨大遗憾。而鲸类（至少有一个种类）在尾巴里，就已经隐含了未来最高级两栖动物两只后足的明显雏形。

在时刻被陆地割断、布满岛屿的海域中，鲸类不断受阻，只得改变自己的习性。它们不必游得那么快，生活范围也受约束，个头儿就逐渐缩小了，鲸鱼缩小为大象。于是出现海象。海象还保留这样的记忆：从前在大洋生活的某些鲸类长有巨牙，它们的粗大牙齿也突向前面，但是没有攻击力了。即使咀嚼的牙齿也不十分明确，既非食草动物，也非食肉动物。这种牙齿既不适于食草，也不适于食肉，还要缓慢地变化。

两种情况减轻了鲸鱼的运动：体内大量的脂肪，能漂浮在水面；强有力的尾巴左右击水能推动向前。然而，这两样东西却成两栖动物的极大累赘：它们在浅水域扑打，要在岩石上爬行，就像笨重的蜗牛了。鱼十分灵活，不免嘲笑这样一种不能捕食的动物。海象只能捉到同样缓慢的软体动物，渐渐开始吃繁茂的墨角藻；墨角藻含有胶质，营养丰富，吃了容易发胖，不像吃肉那样长力气。

儒艮就是这样一种动物，这种稀少的大块儿头在红海、马来西亚岛屿和澳大利亚海域见得到，它们爬行，栖止在那里，胸脯乳房都浮在水上。有时也称作天幕下的儒艮，懒洋洋的，偶像一般庄严，但是不大会自卫，不久便消失了，回到寓言的领域，列入我们轻率地嘲笑的那些真实的传说中。

是谁发生了这么大变化，创造出陆地的鲸类，海鲸的兄弟，儒艮和海象呢？在人类出现之前，大地确实非常太平，非常温馨，植物食品很有吸引力，不像海中猎物那样逃窜；当然，相爱也一样，对于鲸鱼那么艰难，而在两栖类安定生活中却极容易。

　　爱不再是追逐与偶然的游戏。雌兽也不是那种骄傲的巨鲸，要雄鲸跟随到世界的尽头。现在，雌兽服服帖帖，躺在起伏的海藻上，唯自己的老爷之命是从，为它安排了温柔缠绵的生活。没有什么神秘可言了。两栖动物干脆就生活在阳光下，雌性数量众多，都十分殷勤，组成了后宫。生命从野性的诗意，跌进了市民的习俗，也可以说跌进了太容易寻欢作乐的恬静生活。雄兽，便是和善的族长，它那大脑袋、胡子和长牙，一副可敬的样子，它在宝座上，左拥夏甲，右抱撒拉①，两边还有利百加②和利亚③，全是它的爱姬，还有簇拥在它周围的一小群孩子。在安定的生活中，这个满面红光的族长的巨大力量，就全部转向家庭的柔情上。它拥抱妻子儿女，表现出笃爱之情，但是又骄傲，又好发火。它很勇敢，随时准备为家人而死。唉！它的力量和愤怒不大顶用。它那大块头就把它出卖给了敌人。它再怎么吼叫，再怎么往前爬去，想要战斗却办不到，躯体庞大的早产儿，在水陆两界都不成气候，被解除武装的凯列班④！

　　体重是鲸鱼的致命要害，在海象身上犹有过之。还应当缩小身躯，减轻肥膘，灵活脊椎，尤其取消尾巴，或者干脆劈开，成为叉子状，而两条肉滚滚的延伸体，将来会更有用处。新生的动物海豹，身体更轻便，是游泳和猎食的高手，生活在海中，而爱情却在陆地（它的小天堂），一生就在努力不断回来，回到这陆上，攀援岩石，给呼唤它的妻子儿女送去鱼。它嘴里叼着鱼，没有海象那种长牙帮助攀登，就运用上半身、下半身的四肢，紧紧抓住海藻，尽量伸长，分开四肢，这样分叉

---

　　① 夏甲和撒拉都是《圣经》中人物。亚伯拉罕的妻子撒拉不能生育，就让丈夫和她的使女夏甲同房。夏甲生下实玛利后，撒拉也怀孕，生下以撒。

　　② 利百加：《圣经》中人物，以撒的妻子，生了以扫和雅各。

　　③ 利亚：《圣经》中人物，雅各的第一个妻子，生有六个子女。

　　④ 凯列班：莎士比亚剧作《暴风雨》中人物，丑陋而带野性的恶奴。

久而久之，结果就长出了五指。

海豹身上非常美的、人一瞧见那圆脑袋就在动心的，正是那大脑的能力。除了人，任何动物的大脑都没有发达到那种程度（布瓦塔尔语）。给人的印象很深，甚至超过了猴子：猴子的鬼脸让人反感。我永远忘不了阿姆斯特丹动物园中的海豹；那园子相当美，展示丰富，组织得很好，是世间最美的一个景点。那是 7 月 12 日，一场暴雨过后，气压还很低。两只海豹到水中纳凉，游泳并蹦跳。它们休息的时候，便注视我这个游客，那毛茸茸的眼睛又聪明又和善，友好的目光落到我身上，略带几分惆怅。它们缺少，我也同样缺少交流语言。看着它们眼睛不忍离开，不免遗憾心灵与心灵之间，永远隔着这道屏障。

大地是它们心灵之乡；它们生在大地，相爱在大地；受伤之后，它们也到陆上结束生命。雄海豹带着怀胎的雌海豹来到岸边，安排躺在藻类上，捉来鱼给它们吃。它们性情温和，能和睦相处，彼此还能照应保护。只是到了发情期，它们才犯浑，容易打斗。每只雄海豹有三四个妻子，安置在足够宽敞长满青苔的岩石上。这是它的地盘，不容侵犯，让外来者尊重它的占领权。雌海豹非常温柔，没有防卫力量，如果遇到伤害，它们就流泪，痛苦地挣扎，眼里充满绝望的神色。

雌海豹怀胎九个月，抚养幼崽儿到五六个月，教授游泳、捕鱼，选择好食物。如果丈夫不嫉妒，它们就会把小海豹留在身边时间长一些。可是，父亲要把孩子赶走，害怕做母亲的心太软。别给自己增添一个竞争对手。

接受这么短时间的教育，当然限制了海豹的进步。只有出色的海牛部落，母爱才是完全的，父母不忍心赶走孩子。母亲要把小海牛久久留在身边。雌海牛重又怀孕，在奶第二个孩子，还能看见它带着长子，一头小公海牛；父亲不但不虐待，也同样喜爱小海牛，让它跟着母亲。

山海经 SHAN HAI JING

美人鱼

海牛所持有的这种无比深厚的温情，表现在生理进步的机体中。在游泳高手海豹身上，在特别笨重的海象身上，胳臂仍然是鳍，还紧紧贴着躯体，不能打弯。后来，雌海牛，温柔的两栖女性，如我们的黑人所说"水的妈妈"，终于完成了这种奇迹。在执著的努力中，两条胳臂全能弯曲了。天性使然，总是千方百计，一心要爱抚孩子，要抱起来，搂在怀里。韧带逐渐退让，延伸，由着小臂长出去，从小臂又扩散出一块棕榈叶形的息肉。——这便是手了。

于是，海牛就有了这种最大的幸福：用手抱住孩子，搂在胸口。它抱起孩子，放在自己心上。

这两件大事，这些两栖动物还能大大发扬：

在它们身上，已经长出手来，灵巧的器官，将来劳作的主要工具。手再变得灵活，协助牙齿，就像海狸那样，技艺也就将发端了，首先是为家庭造庇护所的技艺。

此外，教育也变得可行了。孩子放在母亲的心上，逐渐浸透了母亲的生命，并且长时间留在母亲身边，直到能够学习的年龄。这一切则取决于父亲的慈善，能留下这个无害的竞争对手。而这就保证了进步。

如果相信某些传统的说法，生物总是持续不断地进化。发达的两栖动物接近人形，就变成半人了，即海人，特里同①和美人鱼②。只不过与寓言中歌声美妙的美人鱼相反，这些两栖动物始终哑默，无力自创一种语言，与人沟通，并得到怜悯。这些种类必然要灭绝，正如我们看到的不幸的海狸，要死时只会流泪不能说话。

有人非常轻率地断言，海人这种奇特的形象就是海豹。难

---

① 特里同：希腊神话中的海神，下半身像鱼。

② 美人鱼：希腊神话中的美女神，音译为塞壬，共有八名（另一说三名），住在地中海的一个小岛上，常用美妙的歌声诱使航海者触礁沉没。在希腊神为人身鸟足，后来在传说寓言中变为人身鱼尾。

道人们的认识有误吗？海豹，无论哪一种类，已经相当古老。从七世纪起，在圣科隆邦时期，有人就捕到海豹，运回来吃海豹肉了。

然而，到十六世纪才谈论的男女海人，不是一时在水中看到，而是带到陆地展示、喂养，那是在大中心，安特卫普和阿姆斯特丹，在查理五世①和腓力二世②的治下，韦塞尔③和头一批学者都亲眼看见。有人谈到一名女海人，穿上了修女服，在一所修道院里生活了许多年，那里人谁都能见到。她不讲话，但是干活，纺线。不过，她还改不了喜欢水的习惯，要极力克制才能从水边掉头回去。

有人要问：这些海人如果真的存在过，又为什么寥寥无几呢？唉！我们也没有必要深入探讨答案。只因在一般情况下，他们都被杀害了。因为他们是"怪物"，让他们活着是犯罪。这是古老传说特意强调的。

凡是不符合动物界已知形体的，反之，凡是接近人的形体的，就被视为"怪物"，就赶紧结果性命。母亲的不幸，至少要生下一个畸形儿，无力保护，被人扼杀在床铺上。大家认为那是魔鬼的儿子，是魔鬼的一个阴谋诡计，制造出来是为了侮辱自然万物，毁谤上帝。再说，那些海人实在太像人了，很容易让人以为是魔影。中世纪对此万分恐惧，把海人的出现算作上帝愤怒时，用以警惕有罪之人的恐怖景象。那时人们都不敢提起他们草率地清除了事。就是很有胆识的十六世纪，也还仍然认为他们是"披着人皮的魔鬼"，只能用渔叉去对付。等到不信教者竞相收养并展示他们时，他们已经所剩无几了。

他们至少留下遗骸、尸骨了吧？将来会知道的，欧洲各博物馆迟早要全面展示海人的大量遗物。缺少展厅，这我很清

---

① 查理五世（1500—1558）：神圣罗马帝国皇帝（1530—1558 在位）。

② 腓力二世（1527—1598）：查理五世之子与继承人，西班牙国王、那不勒斯、西西里和葡萄牙国王。

③ 韦塞尔（1514 或 1515—1565）：弗拉芒解剖学家。

楚，如果非要占用好多大展厅，那么什么时候都缺少位置。其实，最简陋的场所就可以，一座宽敞的大棚（用费极少），就能陈列这样结实的收藏品。时至今日，人们只见到一些选展的样品。

还应当补充一点，两栖类动物标本，为了展示其真面目，就应当表现这些"怪物"特别像人的方面，能给人造成假象的胸部和姿态。把这份荣誉留给它们吧，它们已经为此付出相当大的代价。就让海豹母亲或者海牛母亲，在岩石上向我呈现出美人鱼形象，初步尝试用手和乳房将孩子搂在怀里。

这能表明这些两栖类动物如果一直进化，本可以上升到我们人类吗？这能表明它们就是人类的创造者和祖先吗？马莱相信这一点。依我看，根本不可能。

毫无疑问，一切生命都从海洋开始。然而，顶端为人的陆地最高级动物系列，并不是从相对应的海洋最高级动物系列进化而来的。海洋最高级动物已经太固定了，太特殊了，不可能生育天性如此不同的软胚胎。它们发展到了极致，几乎穷尽了它们种类的繁殖力。在这种情况下，长辈灭绝了；要在很低下、有一定亲缘关系的默默无闻的后生中，产生新的系列，再往高级进化。

人不是它们的儿子，而是它们的兄弟——一个死对头的兄弟。

终于出现了强者的强者，世界机灵的、活跃的、残忍的国王。我的书发光了。可是要照亮什么呢？有多少可悲的事情，我现在应该置于这种光亮中！

这位创造者，这个专制的上帝，他善于在天性中搞出第二天性。那么他如何处理另一个，最初的天性，后者的奶娘和母亲呢？让后者长出牙齿，它就咬起乳房。

多少动物曾经生活得非常舒适，便人性化了，开始尝试艺术，今天全都吓傻了，全都呆头呆脑，成为十足的畜生了。猴子，原是锡兰[①]国王，猴子的智慧在印度也鼎鼎大名，如今却变成了可怕的野兽。富有创造性的大象，遭受猎杀和奴役，也变成地道的干重活的畜生了。

最自由的动物，从前给海洋增添多少欢乐，这些和善的海豹、温情的鲸鱼，大洋的和平的骄傲，全都逃往两极的海域，逃往冰的严峻世界。然而，那样严酷的生活，它们不可能都忍受得了；再过一段时间，它们就会完全消失了。

一个不幸的种族，波兰农民一族，在心中发现了逃至立陶宛湖的流亡者哑默的含义和智慧。他们说："谁惹海狸流泪，谁就永远不会成功。"

艺术家变成战战兢兢的畜生，就什么也不知道，什么也干不了了。在美洲残存的那一些，始终在退却和潜逃，没有勇气做任何事情。从前有一位旅行者，在很远很远处，高山湖附近，就发现一只海狸，看到它小心翼翼地重操旧业，要给家庭造一个窝。它一瞧见人，手上的木头便失落了；它甚至不敢逃开，只是无可奈何地痛哭流泪。

---

① 锡兰：斯里兰卡的旧名称。

万国的新生活

1860 年 12 月，这本书正要写完的时候，重新振兴的意大利，我们大家的光荣母亲，给我寄来美好的新年礼物：一条消息、一本小册子，从佛罗伦萨寄到我手中。

我们时常从这个国家收到重大消息：1300 年，但丁①的消息；1500 年，阿美利哥②的消息；1600 年，伽利略③的消息。今天，从佛罗伦萨来的是什么消息呢？

唔！表面上看很小！然而谁知道呢？也许结果无比巨大！这是一篇讲稿，仅有几页，一本医学小册子；标题丝毫也不吸引人，甚至看一眼就要丢下。然而，这里有一个思路，会产生不可估量的结果，可能会改变世界。

对照标题，我看到两个孩子的肖像：在佛罗伦萨的医院里，一个死了，另一个气息奄奄。作者是位医生，他特别关切（极少见的事）他的小患者，不认识的可怜孩子，因而要写出他的沉痛与遗憾。

头一个孩子有七八岁，高贵的气质透出精明和庄重，痛苦的神情似乎表明一个重大命运的夭折。他枕边放着一朵鲜花，

---

① 但丁（1265—1321）：意大利诗人，1300 年开始写《神曲》。1302 年，他因属温和派，被激进派放逐。

② 阿美利哥（1454—1512）：意大利商人和航海家，生于佛罗伦萨，他于 1501 年至 1502 年的探险航行中，确认了新大陆，并以他的姓命名，简称美洲。

③ 伽利略（1564—1642）：意大利物理学家、天文学家，1609 年使用天文望远镜。

那是他母亲来探望给他带来的，只因太穷而送不起别的东西。母亲送的花，他十分珍视，特别小心保存，医护人员也就给他留下。

另一个孩子更小，才四五岁，正是可爱的年龄。他显然要死了，眼神漂浮在最后的梦幻中。两个孩子同病相怜，虽不能讲话，但是喜欢相见，喜欢彼此注视。富有同情心的医生就安排他俩睡对面床铺，他在雕刻中将两个孩子拉近，正如他们临死贴近了一样。

这种事纯粹是意大利式的。在别的地方，医生就特别当心，不能流露出脆弱和温情来，唯恐惹人耻笑。在意大利，绝不会显得可笑。医生就当众写下这一切，仿佛只有他一人。他毫无保留地倾诉，那种女性的同情心能让人微笑并流泪。也应当承认，语言也起很大作用，是妇女和孩子使用的迷人语言，特别温柔，然而也非常出色，甚至表达痛苦时也很优美。这是一阵泪雨和花雨。

继而，他打住话头，表示歉意。他这样表达，也不是无缘无故的。"如果当初能把这些孩子送到海滨，他们就不会死掉。"从而得出结论：必须在海滨建立儿童疗养院。

他是个很机灵的人，这件事又用了心，全都跟上来了：男人受了感动，开始关注；女士流了泪，她们祈祷，表示愿望，提出要求。她们提出什么要求都不能拒绝。不待政府有所举措，一个自由组织的协会立刻行动，在维亚雷焦创建"儿童浴场"。

大家知道这条路，离开热那亚的崎岖道路，沿地中海海岸，过了风光绮丽的斯佩齐亚湾，这条弧形路景色秀丽，十分迷人，一直深入到托斯卡纳地区的原生橄榄林中。在里窝那的途中，有一处海岸深入海中，形成一个静僻的小港，此后那里又增添了可爱的"儿童浴场"。

在全欧洲，佛罗伦萨率先倡导慈善事业，早在 1000 年之

前，就创建了济贫院。1287 年，当神圣的贝娅特丽丝①引发但丁灵感时，他父亲就创建了新圣马利亚济贫院。路德②对意大利没有什么好感，但他在旅行中，还是赞扬了意大利的慈善医院，赞扬了意大利妇女不慕虚名，戴着面纱去那里护理病人。

新建的这所海水浴疗养院，将给欧洲树立一个榜样。这是我们应当为儿童做的。我们所过的地狱般生活，这种卖命劳动、过分致死的生活，又压到了儿童的头上。

我们西方种族无法掩饰，我们的体质显然大大衰退了。原因多种多样。最明显的就是我们的劳动无限度，速度又日益加快。这种劳动强度，是行业强加给大多数人的。即使不受制于行业的人，也同样加快速度。不知道在我们的性情、脾气和血质中，现在怎么表现出这么大热情，越赶越快了。比起我们的世纪来，所有世纪都显得懒惰而贫乏了。我们从头脑里倾泻出一条科学、艺术、发明、思想、产品的长河，将这地球淹没了，淹没的不止现在，甚至未来。这一切要付出多大代价啊？要付出巨大的体力，要耗费巨大的脑力，从而削弱了生殖力。我们的劳动成果多得惊人，而我们的孩子却极度贫困。

应当指出，这种巨大的努力，这种过度的生产，只是一小部分人所为。美洲做得很少，亚洲无所作为。就是在欧洲，一切也是数百万西欧人做出来的。别人看着他们身心消耗，不免窃笑，以为能取代他们。可怜的野蛮人，难道你们认为一个俄罗斯人，或者一名美国西部的垦荒者，明天就能成为一位艺术家，成为一名英国技师，或者巴黎的眼镜商吗？我们如此精明高雅，也是多少世纪教育的结果。我们身上有长期的传统。假

---

① 贝娅特丽丝：但丁《神曲》中人物。但丁自叙 1300 年，他 35 岁时，迷失在一片黑暗的森林；黎明时分在小山脚下碰到三只野兽（象征淫欲、强暴和贪婪的豹、狮、狼），但丁呼救，贝娅特丽丝便委托古罗马诗人维吾尔去营救，并带他游历地狱和炼狱。

② 路德（1483—1546）：德国神学家和宗教改革家。

如我们一死，情况会如何呢？谁也不可能成为我们的继承人。

这种灭绝人性的劳动，这种繁殖力的自杀，我们即使为了人类的利益而同意接受，在思想上也绝不能毁掉我们的孩子，不能让孩子同我们一起葬送。然而，这种情况正在发生。他们生来就一切具备：他们的血液中含有我们的技艺，也含有我们的劳累。惊人的早熟，他们掌握知识，有能力，也一定肯干。不过，他们什么也干不成；他们要死掉。

人的童年，如同植物和任何事物的童年一样，需要休息、空气、温馨的自由。可是，一切都恰恰相反，我们的才能、我们的恶习，都同样违反人的童年的天性。似乎一切都合谋扼杀儿童。我们爱他们吗？当然爱了。然而，我们却在屠杀他们。一个社会（不管它知道与否）如此闹腾如此激烈，对童年就是一场真正的战争。

人在发育过程中，特别有些时候发生危机，宛如系于一线。生命仿佛在迟疑，在发问："我要持续吗？"在这种关键时刻，对这些岌岌可危的生灵来说，我们的接触、城市的居停和大众的生活，就等于死亡。或者更糟糕进入长期生病的状态。一个人开始悲惨的生活，倒下，爬起来，又倒下去，一生四分之三的时间半死不活，全赖公众的施舍。

必须遏止这种情况。要有预见，要把孩子从致命的环境中拉出来，从人的手中夺过来，交给大自然，让孩子在海风中汲取生命。病儿到了那里就能痊愈。捡来的孩子，到了那里就能长大成人。他们身体强壮起来，不止一个就会从事海上的行业。而国家亦然，不当总跑医院的病弱工人，应成为健壮的、大胆的海员。

况且，为什么类比国家呢？佛罗伦萨已经向我们证明，博大的心灵抵得上王国。女子就是一个王国，有权经营治理。

假如我是个年轻的美貌女子，我完全知道自己该怎么办。我拥有了富丽华美的服饰，爱情也一再表白，海誓山盟，感到

可以委以终身了，到了这一天，到了这种时候，我就会说："我相信您这话。不过，您不要以为送普通礼物，就能让我开心了。我憎恶您如今这种粗糙的开司米，这是按照伦敦的图案在印度织成的。我并不看重钻石。钻石是要上街炫耀的东西。贝特洛①先生部分地再造自然，他能创造出许多活物，要为我们大量制造钻石，那就容易得多了。

"我喜爱牢固的东西。我希望在海滨建造一座大房子，建在稍微避风充满阳光的地方，安置住进五十个孩子。也不需要很多家具，那些孩子一旦安置在那里，就不会饿死了。到海边游玩的夫人，无不乐意捐助。如果说佛罗伦萨的贝娅特丽丝建造了这种房子，那么法国何不建造呢？难道我们不够美丽，而你们男士也少几分爱心吗？

"如果真像您从早到晚对我讲的这样，大海使我更美丽了，那么您总该在岸边给大海留个纪念吧。您若是爱我，就一定很高兴在这里共同做一件事；在伟大的奶母身边，和我一起开始创建这个儿童小家园。让大海来担保爱情的长久与纯洁！让大海通过一项鲜活的事业，来证明我们在无限面前，由神圣的思想结合起来了。"

一位女子这样开头。而另一位，共同的母亲，法兰西就会继续。再也没有比这更有用的组织，也没有比这更恰当的奉献了。然而，也无须建造很多，有些从内地搬迁来就够了。因为，这些机构设在内地，巨大的花费纯粹是浪费，简直可以称为病人工场；他们终生都将乞求新的救助。

在事关公共卫生和所有人生命的问题上，古代罗马人从来就不讨价还价。瞧一瞧他们有多慷慨：他们甚至给次要的城市

---

① 贝特洛（1827—1907）：法国有机化学家、物理化学家、科学史学家，著作丰富，主要有《合成有机化学》（1860）、《化学力学》（1878）、《热化学》（1897）。他的研究成果与著述对十九世纪末化学发展影响很大。

也兴建引洁净水工程，建造了超大型引水渠、加尔渡槽①，等等；还有巨大的温泉，公众可以免费洗浴（顶多收一文钱），这些都能让人感到他们高度的智慧。他们也建了海水游泳池，大家可以去游泳。他们为平民百姓的休闲所做的这一切，难道我们还要犹豫，不肯拯救这些唯一推动全球进步的种族吗？

我这里所讲的；不单指儿童，而是指所有人。今天每座城市，都有城中城，而且人满为患，这就是医院，病弱的劳动者常去的地方。这样的巨额花费，由谁担负呢？由其他劳动者，而他们也最终担负全部公共费用。一名工人，年纪轻轻就死了，丢下家人就加重其他劳动者的负担了。预防总比治愈要容易得多。助人固然可做很多事情，但是对患者往往爱莫能助，不如大力帮助那些精疲力竭，即将生病的人。到海边疗养十天，他们就能恢复体力，保全了结实的劳动者。比起长期住院治疗来，去海边疗养的费用就微乎其微了，无非交通费、短期避暑和简单住宿的费用，以及廉价的伙食。救了一个劳动力，就等于救了一家老小；而一个人往往是无可补救的，因为，我前面讲过，每个人都是一种技艺的悠久传统迟延的产物，本身就是件艺术品，人类艺术的产品，完全是陌生的，是人类要提高、要形成的一种创造力。

谁能让我看到大地的这种精华，为世界流汗并劳累的这群发明者、创造者和制造者，可以在上帝的大游泳池中不断恢复体力呢？全人类都将受益，借助他们的巨大劳动而繁荣富强。人类繁荣，全靠他们的恩惠，人类生存，也全靠他们的血汗。让我们向他们提供自然的更新：空气、大海、一日休息，这样才公道，也是对人类的一种恩惠，因为人类离不开他们，万一明天他们死了，人类就要成为孤儿。

----

① 加尔渡槽：加尔是法国南方的一个省份，公元一世纪在罗马人占领期间，修建了引水渡槽大石桥，长273米，高49米，桥身用巨石垒成，规模宏伟壮观，至今完好无损。

怜悯你们自己吧，可怜的西方人。你们要认真自助，考虑公众健康。大地恳求你们活下去，向你们提供最好的东西：大海，以便让你们重新振作起来。大地失去你们，也就丧失了自我，只因你们是大地的精华，有创造力的灵魂。大地以你们的生而生，而你们一死，大地也要死去。